JN411047

피
윤

일러두기

이 작품에서 '피욘Piyon'과 '피요니프샤Piyonifş'는 튀르키예어이다.
'피욘Piyon'은 체스 말 중 가장 약한 말인 '폰pawn'을 뜻하며, 작품 속에서는 감시 애플리케이션 서비스의 명칭이다. '피요니프샤Piyonifş'는 '피욘'과 'ifş(폭로)'가 결합된 말로, '피욘 서비스의 폭로'라는 의미를 지닌다. 한국어판에서는 원어의 발음을 살려 '피욘', '피요니프샤'로 표기했으며, 독자의 이해를 돕기 위해 피욘은 pawn, 피요니프샤는 Pawnexposure 영문으로 병기했다.

피욘

친구 감시자

딜게 귀네이 지음 • 이난아 옮김

안녕로빈

목차

1부

감시 서비스

1

"나는 일기를 쓰고 싶지 않다. 어느 책에선가 '우리 의식은 고통을 줄이기 위해 기억을 바꾼다'는 문장을 읽은 적이 있다. 일기를 쓰면 그 기회를 잃을지도 모른다.

학교에서 돌아오자마자 교복을 바로 빨았다. 다행히 바람이 불어 금세 마를 것 같았다. 그렇지 않았다면 도저히 마르지 않을 것이다. 헤어 드라이어로 말리려 하면 아빠가 화를 낸다. 윙윙거리는 소리나 빵빵거리는 경적 소리가 아빠를 미치게 하니까. 교복이 한 벌만 더 있다면 이런 고생은 하지 않았을 텐데. 교복 한 벌 값도 겨우 마련했다. "아니, 교복을 왜 입어? 석기 시대야?"라며 아빠는 투덜거렸다.

아직 저녁 준비도 못 했는데, 나는 여기 앉아 바보 같은 글을 끄적이고 있다. 집에는 초록 렌틸콩밖에 없다. 장을 봐야 한다고 아빠에게 말해야 한다. 그러면 "뭐? 또 떨어졌다고? 이 집엔 남는 게 하나도 없네!"라며 잔소리를 퍼부을 게 뻔하다. 왜 모든 일이 이렇게까지 힘들어야 할까?

우리도 외뮈르네처럼 건조기가 있으면 좋겠다. 그걸 쓰면 옷이 금방 보송보송하게 마른다. 외뮈르도 나처럼 오렌지 구역에 산다. 하지만 걔네 집은 그린 구역 바로 옆이라, 창밖으로 고층 빌딩의 발코니까지 다 보인다. 누군가 발코니에 나오면 우리는 창가에 나란히 앉아 쌍안경으로 지켜본다. 꼭 영화를 보는 것 같다.

외뮈르는 좋은 친구다. 약간은 어디로 튈지 모르는 아이지만. 오늘 한 선생님이 외뮈르가 산만하다고, 그러니까 성적이 신통치 않다고 말했다. 그러자 외뮈르는 "그건 제 일이에요. 간섭하지 마세요!"라고 맞받아쳤다. 나라면 입도 뻥긋 못했을 거다. 부끄럽기도 하지만, 퇴학당할까 봐 두렵기 때문이다. 이 학교에 들어오기 위해 정말 열심히 공부했다. 그런 일이 생길 경우 외즈귀르 선생님께는 또 뭐라고 말해야 할까? 지금까지 외즈귀르 선생님이 도와주지 않았다면 난 아무것도 못 했을 거다. 그런데도 아빠는 외즈귀르 선생님에게 "당신은 내 딸한테 왜 그렇게 관심이 많소?"라며 되레 화를 냈다. 내 인생에서 그때만큼 부끄러웠던 적은 없었다. 언젠가 내가 좋은 직업을 갖게 된다면, 가장 먼저 고맙다고 말하고 싶은 사람이 외즈귀르 선생님이다.

사실 나는 일기 쓰는 걸 좋아한다. 뭔가 쓰고 나면 기분이 한결 나아진다. 하지만 지금 내가 쓰고 있는 것 중에 과연 기억할 만한 게 있을까? 기억하고 싶지 않다. 아마 이 글도 다른 것들처럼 다 찢어 버릴 거다. 종잇조각들을 발코니에서 던지면 나비처럼 흩날린다. 그걸 보는 것도 난 마음에 든다.

우리 집이 외뮈르네 정도만 됐어도, 나는 일기장을 보관했을 거다. 하지만 외뮈르는 일기를 쓰지 않는다. 엄마에게 들킬지도 모른다는 게 이유다. 사실 나도 아빠가 내 일기를 찾으려고 서랍이나 컴퓨터를 뒤지지 않을까 걱정된다. 가끔 아빠는 협박하듯 말한다.

"내 이름은 메르완이야. 우리 집에서 내가 모르는 일은 없어!"

큰소리 치던 아빠는 내가 그린 구역 고등학교에 2등으로 입학했다는 사실을 알고는, 자신의 처지를 조금 부끄러워한 것 같다. 외즈귀르 선생님이 "야세민이 그린 구역에 살았다면 면접에서도 1등을 했을 거예요"라고 말했을 정도니까.

오렌지 구역에 산다는 사실은 마치 이마에 새겨진 듯하다. 아니면 피부에 새겨져 있는지도 모른다. 어디를 가든 우리는 오렌지색 네온 불빛처럼 빛난다.

이제 가서 녹색 렌틸콩이나 삶아야겠다. ”

야세민(오렌지색 네온)

위에서 도시를 내려다보면 거대한 콘크리트 더미만 보인다. 북쪽의 산악 지대와 도시 공원을 제외하면 녹지가 거의 없다.

지도를 보면 도시의 경계선이 말의 머리와 닮았다는 것을 알 수 있다. 말의 눈에 해당하는 자리에 댐 호수가 있는 것도 그 인상을 더 뚜렷하게 만든다. 마치 체스판에서 튀어나온 말이 이 나라의 한가운데를 차지하고 있는 듯하다. 이 모양 때문에 사람들 사이에서는 농담도 많이 오간다.

경찰 방범 화면에 비친 도시 지도를 보면, 얼굴은 녹색이고 갈기는 주황색인 말의 머리가 나타난다. 그린 구역의 거리와 골목은 국가가 방범 시스템으로 쉽게 모니터링할 수 있다. 담당 공무

원이 손가락으로 해당 지점을 터치하면, 그 순간뿐 아니라 최근에 무슨 일이 있었는지도 확인할 수 있다. 사람들은 이 사실을 알고 있어서 범죄율이 매우 낮다.

가끔 거리에 설치한 감시 카메라가 고장 나거나 도난당하기도 한다. 누군가 장난을 쳐서 서비스가 중단되는 경우도 있다. 그런 일이 생기면 문제가 해결될 때까지 그 지역은 주황색으로 표시된다.

반면 늘 주황색으로 표시되는 구역이 있다. 바로 도시의 동쪽, 말의 갈기 부분이다. 그린 구역과 오렌지 구역을 가르는 건 오직 하나의 도로뿐이다. 한쪽에는 아파트와 고층 빌딩이 우뚝 솟아 있지만, 도로 건너편은 낙후한 도시다. 낡고 구불구불하고 폐쇄적이다. 오렌지 구역은 감시하기 어렵다. 그곳에는 그들만의 불문율이 있다. 국가는 침묵함으로써 오렌지 구역의 무법을 사실상 합법화했다. 범죄가 일어나도 경찰은 로보캅robocop[1]을 오렌지 구역에 투입하는 것을 주저한다. 그곳에 들어가면 반짝이는 첨단 기계조차 오렌지 구역의 법칙에 잠식된다는 걸 알기 때문이다. 결국 그것들은 분해되어 팔리거나 파괴된다.

야세민과 메르완이 사는 허름한 옥탑방은 말머리 남동쪽, 오

1 1987년 개봉한 영화 제목이자, 하이 테크놀로지 슈트를 장착한 경찰관을 지칭한다. 기계 공학, 생명 공학을 바탕으로 한 사이보그라고 볼 수 있다.

렌지 구역 한복판 골목에 있다. 두 골목이 교차하는 지점에 자리한 이 50년 된 건물은 시멘트가 벗겨지고 곰팡내가 배어 있다. 어느 것 하나 제대로 된 구석이 없다. 주변 아파트는 모두 4층짜리인데, 불법으로 증축한 이 옥탑방만 5층이라 사방이 탁 트여 있다는 게 그나마 장점이다. 덕분에 해와 달, 구름이 방 안으로 스며들었다. 야세민은 그 점이 마음에 들었다. 비가 세차게 내리는 날이면 지붕 여기저기에서 물이 새어 벽이 누렇게 변해도 야세민은 불평하지 않았다. 그린 구역의 아파트에서 살고 싶다는 꿈은 어른이 된 뒤로 미뤄 두었다.

야세민은 음식을 가스레인지에 올려놓고 방으로 돌아왔다. 책상 서랍을 열어 엄마의 신분증을 꺼냈다. 작은 사진을 어루만지며 검은 눈썹과 눈동자를 손끝으로 조심스레 따라 그려 보았다. 그러고는 조용히 엄마의 이름을 되뇌었다.

"귈레프자……."

이름의 의미를 인터넷에서 찾아보니 '장미의 제왕'이었다. 그 뜻이 마음에 들었다. 야세민은 엄마가 우아하고 강인한 여성일 거라고 상상했다. 사진은 물에 젖어 흐릿하게 번져 있었지만, 자신이 엄마를 닮았다고 믿었다. 한번은 메르완이 텔레비전을 보고 있을 때 몰래 사진을 찍어 자기 사진과 나란히 놓고 비교해 보았다. 야세민은 자신이 아빠와 닮지 않았다는 것을 확인하고는 안심했다. 메르완은 젊었을 때 자신이 잘생겼었다고 말하곤 했다. 하지만 커다랗고 뭉툭한 코와 서로 맞닿을 듯 붙어 있는 두 눈을 보고 있자면 그 말은 도저히 믿기 어려웠다.

야세민은 다시 부엌으로 갔다. 가스레인지에서 음식을 내려놓고 있는데 전화벨이 울렸다. 외뮈르였다.

"야세민, 고층 빌딩에서 하이브리드 파티가 열리고 있어! 얼른 우리 집으로 와!"

그린 구역에서 열리는 파티는 늘 흥미로웠지만, 그중에서도 하이브리드 파티가 가장 기이했다. 전 세계적으로 다양한 혼혈 인종을 만들어 내려는 연구가 늘면서, 하이브리드는 하나의 유행으로 번졌다. 그린 구역 사람들은 특별히 디자인한 하이브리드 종의 의상을 입고 기괴한 춤을 추는 놀이를 즐겼다. 고층 빌딩 중간층 발코니에서 쇼를 펼치고 그 장면을 소셜 미디어로 생중계하곤 했다.

야세민은 시간을 확인했다. 메르완은 지금쯤 두 블록 아래, 겨우 세 사람만 들어설 수 있는 좁은 전자 고물상에서 일하고 있을 터였다. 그가 돌아올 때까지는 아직 시간이 남아 있었다. 저녁도 미리 준비해 놨겠다, 집은 나중에 청소하기로 마음먹은 야세민은 아빠가 오기 전에 다녀와야겠다 생각하며 집을 나섰다.

외뮈르의 아파트로 가려면 서로 욕지거리를 하며 낄낄대는 네 명의 건달 사이를 지나가야 했다. 오렌지 구역에서 흔히 겪을 법한 상황이라 야세민은 익숙했다. 야세민은 눈빛을 매섭게 하고 걸음을 재촉했다. 주황색 시선, 칼날처럼 공중을 날아다니는 말들, 포효가 섞인 웃음소리가 역겨웠다. 야세민은 투명 인간이 되고 싶었다. 아니면 아스팔트나 벽에 바른 시멘트처럼, 혹은 해가 저문 흐릿한 하늘처럼 회색이 되고 싶었다.

다행히 아무도 야세민에게 시비를 걸지 않았다. 몇 분 뒤 아파트에 도착했을 때, 발코니에서 손을 흔드는 외뮈르가 보였다. 야세민은 계단을 뛰어 올라갔다. 문 앞까지 나와 따뜻하게 맞아 준 외뮈르 덕분에 길에서 느꼈던 긴장이 순식간에 풀렸다.

외뮈르는 발코니를 마치 오페라 극장의 특별석처럼 꾸며 놓았다. 가장 잘 보이는 자리에 의자 두 개를 놓고, 가운데 탁자에는 간식도 준비해 두었다.

"이리 와, 야세민! 네가 저 괴물들을 꼭 봐야 해!"

외뮈르가 쌍안경을 건넸다. 야세민은 자리를 잡고 앉아 길 건너편 그린 구역 고층 빌딩 발코니를 들여다보았다. 머리에 사자 갈기를 쓰고 주황색 날개를 단 여자가 발코니 벽에서 미친 듯이 춤을 추고 있었다.

"벽에 붙어서 별별 짓을 다 하는데도 떨어지지 않고 멀쩡하네!"

야세민이 놀라워하자 외뮈르는 크래커 한 줌을 입에 넣으며 대답했다.

“내 생각엔 어딘가에 묶여 있는 것 같아. 그렇지 않으면 벌써 백 번은 떨어졌을걸.”

“누가 제일 역겨워?”

이건 외뮈르와 야세민이 자주 주고받는 질문이었다. 둘 다 그린 구역에 사는 사람들, 특히 자신들처럼 오렌지 구역 사람을 무시하는 태도에 분노했다.

“저기, 벽을 기어다니는 뱀 같은 사람들! 정말 역겨워.”

“걔넨 뭐 하는 애들인지 도무지 모르겠네.”

“알려고 하지 마. 하이브리드 종 전문가라도 해석 못 할걸. 디자인이 완전 미쳤잖아. 그래도 솔직히 말하면, 나도 저런 파티에 한 번쯤 가 보고 싶어. 저런 미친 복장, 나도 입어 보고 싶달까. 언젠가는 꼭 가고 말 거야. 두고 봐!”

외뮈르가 말을 마치고 낄낄 웃었다.

“참 나, 이제 하다 하다 하이브리드 파티에까지 가려는 거니?”

언제 왔는지, 문 앞에 서 있던 세헤르가 한심하다는 듯 말했다. 외뮈르가 몹시 싫어한다는 걸 알면서도 세헤르는 딸에게 이런 식의 간섭을 멈추지 않았다. 외뮈르가 제대로 된 교육을 받아 결국 그린 구역에서 자리를 잡는 것, 그것이 세헤르의 유일한 관심사였다. 세헤르는 교복을 입은 딸의 마음 한 켠에 하이브리드를 향한 동경이 꿈틀대고 있다는 걸 어렴풋이 알고 있었다. 그래서일까, 그 마음이 혹시 딸을 위험한 길로 이끌지 않을까 늘 걱정이었다.

세헤르는 야세민을 향해 미소 지었다.

"어서 오렴, 야세민. 잠깐 주방으로 올래? 제대로 된 음식을 먹어야지. 저런 군것질거리로 배 채우면 되겠니?"

야세민은 쌍안경을 외뮈르에게 건네주고 일어섰다. 파티 장면을 놓치고 싶지 않았지만, 저녁마다 말라붙은 콩만 먹는 것도 지겨웠다. 세헤르가 차려 준 맛있는 음식을 마다할 이유가 없었다.

야세민이 세헤르를 따라 주방에 들어서자, 식탁에 앉아 있던 여자 손님이 손에 쥔 휴대 전화에서 눈을 떼고 야세민을 훑어보았다.

"자기야, 이 친구 소개해 줄게."

하지만 그 여자는 야세민에게 별다른 관심이 없는 듯했다. 친구가 신경을 쓰든 말든 세헤르는 말을 이어 갔다.

"야세민은 외뮈르랑 내 친구야. 요리 솜씨가 정말 끝내줘. 얼마 전 점심에 얘가 샐러드를 만들었는데, 우리 모두 메인 요리는 제쳐 두고, 샐러드만 먹었다니까!"

"맛있게 드셨다니 다행이에요. 원하시면 언제든 또 해 드릴게요."

야세민이 입꼬리를 살짝 올리며 말했다.

그제야 여자는 접시에 음식을 담고 있는 다소곳한 소녀를 바라보았다. 야세민은 허리까지 내려오는 까만 머리카락을 단정하게 묶었고, 창백한 피부와 대조되는 반짝이는 검은 눈동자를 지니고 있었다. 하지만 여자는 그 눈빛과 머리칼엔 관심이 없었다. 대신 두 치수나 큰 원피스 속에 감춰진 이쑤시개처럼 깡마른 몸은 단번에 알아챘다.

"아직 애 같은데, 요리는 누구한테 배운 거니, 엄마한테?"

세헤르는 여자의 질문이 불러온 싸늘한 기류를 곧 감지했다. 불편한 방향으로 대화가 흐르지 않게 막으려던 순간, 야세민이 먼저 입을 열었다.

"엄마는 돌아가셨어요. 요리는 인터넷에서 배웠고요."

야세민은 무심한 척 보이고 싶었다.

"야세민은 전교 2등으로 입학했어. 공부도 아주 잘해."

세헤르가 재빨리 화제를 돌렸다. 그러나 여자가 반응할 틈도 없이 그녀의 휴대 전화가 울렸다. 세헤르는 그 틈을 놓치지 않고 야세민 곁으로 성큼 다가갔다.

"야세민, 단둘이 얘기하고 싶은 게 있어."

세헤르는 휴대 전화를 건네며 말했다.

"여기에 네 전화번호를 저장해 줘."

야세민은 당황했지만, 세헤르가 시키는 대로 조용히 번호를 입력했다.

"외뮈르가 알면 안 돼, 알았지? 너는 내 친구이기도 하니까. 우리 둘만 아는 비밀로 하자!"

"네, 아줌마."

야세민은 침착하게 대답했다. 자기 생각과 다른 건 절대 참지 못하는 아빠와 13년을 함께 살아온 덕분에 다른 의견과 호기심을 감추는 법을 일찌감치 배운 터였다. 세헤르와 비밀스러운 대화를 마친 뒤 야세민은 다시 외뮈르 곁으로 돌아가 하이브리드 파티를 감상하는 특별석에 앉았다.

2

이른 아침 네바는 그린 구역의 아름다운 호수가 내려다보이는 집을 나섰다. 자동차에 오를 때 그녀의 머릿속은 오직 한 가지로 가득 차 있었다. 바로 자신이 개발한 새 소프트웨어를 이 나라에서 가장 영향력 있는 통신 회사에 반드시 팔아야 한다는 생각이었다. 디지털 어시스턴트[2]에게 목적지를 말한 뒤 오토파일럿[3] 모드에 몸을 맡기고 네바는 다가올 프레젠테이션에 집중했다.

43분간의 고요한 주행 끝에 자동차는 도심의 비즈니스 센터와 공공 기관이 밀집한 도시의 남쪽에 도착했다. 프레젠테이션을

2 인터넷을 통해 사용자들과의 대화를 시뮬레이션하는 고급 컴퓨터 프로그램.

3 자동 운전 모드.

위한 만반의 준비는 이미 끝낸 상태였다. 네바는 모니터에서 시선을 거두고, 창문에 비친 자신의 모습 너머로 나란히 늘어선 열세 개의 고층 건물을 바라보았다. 그중 열한 번째 건물은 한때 그녀의 집이었다. 순간 자신의 붉은 곱슬머리가 건물들을 활활 태우는 거대한 불길처럼 보였다. 불길은 따귀처럼 그녀의 얼굴을 후려쳤다. 기억 속에서 피어오른 연기가 차 안을 가득 메워 숨이 막히는 듯했다. 네바는 의자에 깊숙이 몸을 기대고 하나부터 열까지 숫자를 세기 시작했다. 악몽이라면 곧 깨어날 수 있을 테지만, 이것은 지독하게도 분명한 현실이었다.

그 순간 대나무로 만든 풍경 소리와 함께 잔잔한 멜로디가 울려 퍼졌다. 은은한 박하 향까지 더해져, 마치 구름으로 짠 해먹에 몸을 누인 듯한 착각을 불러일으키는 연출이었다. 그러나 네바는 도리어 화가 치밀어올랐다. 그녀는 자리에서 벌떡 일어나 전화를 걸었다.

"티베트, 그만 좀 해!"

차량 카메라에 접속한 남편이 자신을 지켜보고 있다는 사실, 멀리서도 그녀의 기분을 살피며 분위기를 연출한다는 사실을 네바는 단번에 눈치챘다.

"당신을 위해서야. 그 근처만 가면 늘 예민해지잖아."

수화기 너머로 티베트의 목소리가 들려왔다.

"그만둬. 당신이 날 감시하는 것 같아 화가 나!"

"알았어, 진정해. 끊을게. 회의 잘하고!"

뚝 하고 통화가 끊겼을 때, 자동차는 이미 회의가 열릴 건물에 도착한 상태였다.

"정문 쪽으로 가."

네바가 짧게 명령했다. 지금처럼 긴장한 상태로 밀폐된 지하 주차장으로 들어가고 싶지 않았다. 그녀는 고무줄로 머리를 단정히 묶은 뒤 좌석 밑 보관함에서 클래식한 스틸레토 힐 구두를 꺼내 신었다. 요즘 이런 구두를 신는 사람은 드물었다. 하지만 걸을 때 나는 또각거리는 소리와 실제보다 한층 커 보이는 키 때문에 네바는 이 구두를 어렵게 구했다.

자동차가 부드럽게 멈췄다. 네바는 자신을 짓누르는 회색 구름을 자리에 두고 차문을 열었다. 암울한 기억을 떨쳐 내는 것에 이제는 어느 정도 익숙해졌다. 아니, 익숙해질 수밖에 없었다. 열두 해 동안 가슴에 멍울을 안고 산다는 건 결코 쉬운 일이 아니었으니까.

하지만 발을 내딛는 순간, 그녀는 지하 주차장으로 가지 않은 걸 후회했다. 세 명의 소년이 그녀의 앞을 가로막았기 때문이다. 여덟아홉 살쯤 되어 보이는 꼬마들이었다. 한 아이는 손에 든 상자를 흔들었고, 다른 아이들은 네바의 손에 구슬을 쥐어 주려고 애썼다. 다른 언어로 말하고 있어 알아들을 수는 없었지만, 손에 쥔 것들을 사 달라는 애원이라는 건 분명했다.

"맙소사, 어떻게 여기까지 들어왔니? 저리 비켜!"

그녀가 날카롭게 소리쳤다.

말을 다 끝내기도 전에 아이 중 하나가 구슬을 가득 쥔 손을 네바의 코앞에 들이밀었다. 그 손끝이 스치듯 입술에 닿자, 네바의 인내심은 순식간에 바닥났고 눈빛은 분노로 번졌다. 그녀는 한 손으로 가방 안을 더듬어 소독제를 찾았고, 다른 한 손으로는 아이의 검은 손을 밀쳐 냈다. 구슬이 바닥에 쏟아져 굴러갔다. 더러운 손으로 감히 자신을 만진 소년이 반드시 대가를 치러야 한다고 네바는 생각했다. 정문에서 소란을 감지한 로보가드roboguard는 즉각 작동을 시작했다. 매끄럽게 다가온 기계는 먼저 네바에게 고개를 숙여 인사한 뒤, 바닥에 떨어진 구슬을 주우려는 아이에게 곧장 돌진했다. 순식간에 두 아이의 목덜미가 기계 팔에 붙잡혔다. 남은 한 아이는 겁에 질려 뒤도 돌아보지 않고 달아났다. 그 이후 벌어진 일들은 더 이상 네바의 관심사가 아니었다.

그녀는 또각또각 경쾌한 구두 소리를 내며 우아하게 걸어갔다. 화려한 빌딩의 전자 출입 게이트에서 전신 스캔을 통과한 다음 엘리베이터에 올랐다. 차에 두고 온 그 끔찍한 기운처럼 아이들과 있었던 일도 문밖에 남겨 두고, 오직 프레젠테이션에서 무슨 말을 할 것인지에만 집중했다. 남편 티베트와 함께 개발한 애플리케이션은 호평을 받았고, 오늘 드디어 국내 최대 규모의 통신사인 눈티우스 텔레콤의 회장에게 이 소프트웨어를 소개하고 계약 협상을 할 것이다.

네바는 엘리베이터에서 내리기 전에 거울을 보며 마지막으로 머리부터 발끝까지 점검했다. 청바지 위에 걸친 네이비 색 테일러드 재킷이 제법 잘 어울린다고 생각하며 머리카락을 정돈했다. 마침내 37층에서 엘리베이터 문이 열렸다. 네바는 자신을 맞이하러 나온 사람들에게 자신만만한 인사를 건넸다. 중요한 협상을 위한 준비는 모두 끝났다.

몇 시간이 지난 뒤, 회의를 마치고 다시 엘레베이터를 탄 네바는 거울을 보며 미소 지었다. 그리고 티베트에게 음성 메시지를 보냈다.

"나, 이 정도면 축하받을 만하지 않아? 방금 엄청난 계약을 따냈거든!"

수영장 옆 라운지체어에 앉아 아내의 전화를 초조하게 기다리던 티베트는 선글라스를 벗어 탁자 위에 올려놓고 반짝이는 민머리를 쓰다듬으며 환하게 웃었다.

"당신이 해낼 줄 알았어! 우리 오늘 밤에 하이브리드 파티 열자. 가장 눈부신 옷으로 준비해 둬."

하이브리드 파티를 좋아하는 네바는 미소를 지으며 지하 주차장 버튼을 눌렀다. 지금은 폐쇄된 공간을 견딜 수 있을 만큼 기분이 좋았다.

네바의 자동차는 도시 서쪽, 그녀가 자주 이용하는 의상 디자이너의 작업실을 향해 출발했다.

3

“가끔 욕실에서 손을 씻다가 거울 속 나와 눈이 마주칠 때, 깜짝 놀라곤 한다. 오늘도 그랬다. 머리카락이 물결처럼 가볍게 말려 있었는데, 아마 약간 젖은 채로 잠들었기 때문일 것이다. 나는 불행히도 그다지 예쁘지 않다. 윤이 나고 풍성한 머리카락만이 유일한 자랑거리다. 거울을 보며 소리 내어 말해 본다. “나, 여기 있어.” 아마도 내가 아직 존재하고 있음을 스스로 확인하고 싶었던 모양이다.

보글보글 끓는 파스타 소리 말고는 집 안이 고요하다. 밤마다 아파트 계단실에서 잠을 자던 1층 남자애도 아직 돌아오지 않았다. 보통 이 시간쯤이면 뭔가 달그락거리는 소리가 들리곤 하는데 말이다. 그 애 아빠도 우리 아빠처럼 형편없다. 성질만 나면 그 애를 집 밖으로 내쫓는 것 같다. 애초에 삐쩍 마르고 허약한 애라, 저렇게 비참하게 살다 결국 시들어 버릴 거다. 방금 위에서 내려다봤더니, 매트까지 깔아 놓았다. 아예 거기서 지낼 생각인가 보다. 쥐와 벌레가 득실대는 곳에서 잘 테면 자 보라지!

정말이지, 최악보다 더 나쁜 상황은 따로 있다. 어젯밤 나는 단 한숨도 잘 수 없었다. 아빠가 잠결에 계속 고함을 질러 댔기 때문이다. 간혹 있는 일인데, 그럴 때마다 나는 감히 아빠에게 말을 붙이지 못한다. 결국 밤을 꼬박 새운 탓에 수업 시간 내내 비몽사몽이었다. 그래도 공부는 이 끔찍하고 형편없는 현실에서 벗어날 수 있는 유일한 길이라서 집중해 보려고 애썼다.

잠이 부족하면 걱정도 끝없이 불어난다. 누군가 내 가슴 안쪽에서 사포로 뼈를 갈아 내는 것 같다. 엄마가 살아 계셨다면 상황이 달라졌을까. 사실 나는 엄마에 대해 아는 게 거의 없다. 아빠는 엄마 얘기를 단 한 번도 꺼내지 않는다. 어쩌면 아빠는 엄마를 정말 사랑했을지도 모른다. 그래서 엄마가 죽고 난 뒤 정신이 무너져 버린 걸까? 그런 게 가능할까? 전쟁을 피해 달아나는 일만으로도 사람은 미쳐 버릴 수 있다는 이야기를 많이 들어 왔다.

우리가 이 도시에 왔을 때 나는 겨우 두 살이었기에 기억나는 게 없다. 엄마가 고향을 등지고 이주하던 길에서 세상을 떠났다는 말만 들었을 뿐, 그 이상은 알지 못한다. 아마 그 순간 아빠의 뇌가 고통에 짓눌려 쪼그라들어 버렸는지도 모른다. 만약 그런 거라면 오히려 아빠를 이해하기 더 쉬웠을 테고, 지금처럼 외롭지는 않았을 거다. 물론 외뮈르가 곁에 있지만, 그건 또 다른 문제다. 외뮈르는 가족이 아니니까. 나는 아빠에 관한 이야기를 외뮈르에게조차 쉽게 털어놓지 못한다. 부끄럽기 때문이다. 하지만 외뮈르는 내 사정을 이미 다 알고 있을지도 모른다.

외뮈르의 엄마가 이상한 제안을 했다. 괜히 내 휴대 전화 번호를 물어본 게 아니었다. 내가 절박하단 걸 눈치챈 거다. 처음엔 아줌마가 나를 좋아해서 돕고 싶어 하는 줄 알았다. 정말이지 순진한 생각이었다. 세헤르 아줌마는 외뮈르를 감시하고 비밀을 알려 주면 그 대가로 돈을 주겠다고 했다. 생각만 해도 역겨워 속이 울렁거리는데, 이상하게도 그 말이 자꾸 머릿속을 맴돈다. 새 교복을 살 수도 있고, 냉장고에 필요한 음식을 채워 넣을 수도 있고, 부족한 책들도 마련할 수 있을 것이다. 액수를 말하진 않았지만, 그 집도 부자가 아니기 때문에 많이 줄 것 같지는 않다. 그래도 우리보다 형편이 훨씬 낫다. 그 집은 그린 구역과 맞닿아 있으니까.

나는 결정할 시간을 달라고 했다. 이게 역겨운 일이라는 걸 안다. 나는 지금까지 단 한 번도 누군가를 이용해 이익을 얻으려 한 적이 없다. 외즈귀르 선생님께 말씀드리면 분명히 "절대 하지 마라!"라고 하면서 날 도와주시겠다고 할 거다. 하지만 나는 부끄러워서 차마 입이 떨어지지 않는다. 조언을 구할 수 있는 사람이 있다면 얼마나 좋을까.

내 자신이 마치 '소수' 같다. 자신 이외에 나눌 수 없는 숫자. 나조차도 나를 나눌 수 없는, 철저히 혼자인 소수. ”

야세민(소수)

야세민은 외뛰르가 반 아이들과 하는 대화를 엿듣다가 귀가 화끈 달아오르는 걸 느꼈다. 정말로 귀가 빨개졌을지도 모른다고 생각했다. 마치 귀마저도 자신이 들킨 것을 두려워하는 듯했다. 그런데도 야세민의 머릿속은 방금 들은 말을 어떻게 세헤르에게 전할 수 있을지 계산하느라 분주했다.

외뮈르가 불쑥 고개를 돌려 바라보자, 야세민은 깜짝 놀랐다.

"야세민, 너도 같이 가자. 새로 생긴 홀로 카페 말이야!"

"안 돼, 아빠한테 들키면 난리 날 거야."

"우리 엄마는 다녀오라고 할 것 같아? 제발! 진짜 재미있을 거야. 절대 놓치면 안 된다고."

"난 못 가."

야세민은 딱 잘라 말했다. 사실 아빠가 무서워서가 아니다. 입장료를 낼 돈도 없고 그런 곳에 입고 갈 옷도 없었기 때문이다. 머리가 지끈거리고 더는 말을 이어 가고 싶지 않았다.

학교를 나서자마자 야세민은 세헤르에게 문자를 보냈다.

외뮈르는 내일 학교 빼먹고 새로 생긴 홀로그램 카페에 간대요. 정확한 위치는 몰라요.

왜 몰라? 넌 같이 안 가니?

네. 아빠가 알면 큰일 나요. 돈도 없고, 입고 갈 옷도 없어요.

아빠한테는 잘 둘러대 봐. 옷이랑 돈은 내가 줄게.

야세민은 세헤르가 보낸 문자를 한참 바라보았다. 뭐라고 답해야 할지 알 수 없었다. 세헤르가 단순히 자신을 도와주려는 게 아니라는 건 이미 눈치챘다. 그녀는 외뮈르의 곁에서 자신의 눈과 귀가 되어 달라고 노골적으로 요구하고 있었다. 야세민이 미처 답을 쓰기도 전에 세헤르의 새로운 문자가 도착했다.

네 아빠한테 바로 들켜서 계획이 틀어지게 할 순 없어.

네가 외뮈르와 같이 있어야 내가 걱정을 덜지.

당연히 네 아빠는 허락하지 않을 거야.

너도 결석하는 건 부담일 테고.

그러니까 내가 돈을 더 얹어서 줄게.

이렇게 되면, 필요한 책을 하나 더 살 수도 있다. 하지만 무엇보다 홀로 카페에 가고, 멋진 옷을 입어 볼 수 있다는 생각이 야세민의 마음을 더 흔들었다.

결국 야세민은 짧게 답장을 보냈다.

알겠어요.

좋아, 저녁에 들를게. 너희 아빠가 오기 전에 가서

옷과 돈을 줄게. 넌 내일 외뮈르의 일정만 확실히 알아 놔.

다시 한번 야세민은 알겠다고 답했다. 손이 떨렸다. 자신이 어떤 감정을 느끼고 있는지조차 알 수 없었다. 마치 한쪽은 낮이고, 다른 한쪽은 밤인 외줄 위를 걷는 기분이었다. 조금만 삐끗해도 곧장 추락할 수 있는 상태. 하지만 이번만큼은 신경 쓰지 않기로 했다. 야세민의 외출은 언제나 양쪽 모두가 밤이었지만, 이번에는 한쪽이 아주 조금 밝아 보였다.

세헤르가 가져온 옷과 돈을 받는 순간, 야세민의 얼굴에서는 어두운 그림자가 완전히 사라졌다.

"일을 마치면 이 옷은 어떻게 해요?"

야세민의 물음에 세헤르는 짧게 대답했다.

"네가 가지렴."

그 말과 함께 주위가 온통 환하게 밝아진 듯했다.

거울 앞에서 유행하는 옷을 입어 본 야세민은 자신이 미소 짓고 있음을 깨달았다. 헐렁한 바지 위에 무릎까지 내려오는 검은 조끼 차림이 꽤 근사해 보였다. 중고 옷이긴 했지만, 그린 구역의 누군가가 한두 번 걸치고 바로 내놓은 듯 거의 새것 같았다.

홀로 카페에 같이 가겠다고 외뮈르에게 말할 때, 야세민은 양심의 가책을 전혀 느끼지 않았다. 친구를 위한 일이라고 스스로를 설득하는 건 어렵지 않았다. 어차피 외뮈르는 어디로 튈지 모르는 아이다. 그러니 그 애 엄마가 걱정하는 것도 당연하다. 야세민은 이렇게 자신이 친구를 보호하는 셈이라고 믿었다.

다음 날 아침, 야세민은 홀로 카페 화장실에서 갈아입을 생각을 하며 옷을 가방에 챙겼다. 처음부터 자기 옷인 듯 으쓱한 기분이 들었다.

외뮈르와 등교할 때처럼 야세민은 외뮈르 집 앞으로 갔다. 자신과 함께 간다는 사실에 들뜬 친구의 모습을 보자 잠시 죄책감이 스쳤지만, 곧 외뮈르를 위한 일이라고 마음을 다잡았다.

홀로 카페에 도착했을 때, 베릴과 세라가 문 앞에서 기다리고 있었다. 출입문을 감싼 전광판은 끊임없이 색을 바꾸며 '젠 홀로 카페Zen Holo cafe'라는 글씨를 흘려보냈다.

"이렇게 이른 아침에도 열려 있다니!"

베릴이 낄낄거리며 세라에게 속삭였다. 베릴은 교복 차림이었고, 세라는 검은색 긴 드레스를 입고 있었다. 드레스 아래 별무늬 부츠가 제법 멋져 보였다. 야세민도 얼른 옷을 갈아입고 친구들과 어울리고 싶었다.

아이들은 문 앞에서 조금 수다를 떤 뒤 안으로 들어갔다. 등 뒤에서 문이 닫히자, 어두웠던 공간이 갑자기 고풍스럽고 고전적인 스타일의 호텔 로비로 변했다. 으스스하면서도 신비스러운 분위기였다. 그 안에서 무슨 일이 벌어지고 있을지 호기심이 강하게 솟구쳤다.

잠시 후 턱시도를 입은 한 여성이 아이들 쪽으로 다가왔다. 물론 이 또한 다른 모든 것과 마찬가지로 홀로그램이었다. 그녀는 체크인해야 한다며 일행을 리셉션 데스크로 안내했다.

다른 아이들은 이미 여러 번 홀로 카페에 와 본 터라 비교적 침착했지만, 야세민은 처음이라 흥분한 상태였다. 무엇이 진짜이고 무엇이 홀로그램인지 구분할 수 없어서 혼란스러웠다. 야세민은 리셉션 카운터에 몸이 닿았을 때 깜짝 놀랐다. 더 충격적인 건 그 뒤에 서 있는 여자 또한 진짜라는 사실이었다. 아름다운 금발의 여자는 서른 살 남짓으로 보였다. 짙은 자홍색 정장을 입고 있었고, 잠자리 모양 브로치가 옷깃에서 반짝였다. 감탄에 잠긴 아이들을 향해 금발 미녀가 세련된 미소를 지으며 말했다.

"13세 미만은 입장할 수 없습니다. 신분증을 보여 주시겠어요?"

아이들은 들뜬 얼굴로 차례차례 신분증을 꺼내 카운터 위에 올려놓았다. 외뮈르, 베릴, 세라의 신분은 문제 없이 확인되었다. 마지막으로 야세민의 신분증을 확인한 순간, 금발 미녀의 표정이 굳어졌다. 그녀는 얼굴을 찡그리며 멸시가 섞인 눈빛으로 야세민을 훑어보았다. 그러고는 거만하게 신분증을 돌려주며 냉랭하게 말했다.

"죄송하지만, 이민자는 입장할 수 없습니다."

“ 오늘 내 ‘재앙 일기’에는 또 한 페이지가 더해질 것이다. 이것도 다른 기록들처럼 갈기갈기 찢어 오렌지 구역에 내던질 거다. 아니, 그냥 토해 버릴 거다.

끔찍한 하루였다. 이민자라는 이유로 홀로 카페에서 쫓겨났다. 나중에 세헤르 아줌마가 나서긴 했다. 아줌마는 전화를 걸어 그들을 협박했다. “딥루프DeepLoop에 너희 얘기를 퍼뜨릴 거야. 막 생긴 카페가 인종 차별한다고 낙인 찍히면 어떻게 될까?” 괜한 시비에 엮이지 않으려고 그들은 ‘이번 한 번만’이라며 나를 들여보냈다. 물론 외뮈르는 자기 엄마가 무슨 일을 했는지 모른다. 자기를 감시하려고 기어코 나를 안으로 들여보낸 걸 말이다. 나는 이제 아줌마가 준 옷을 입지 않을 거다. 보기만 해도 역겹다. 아! 애초에 그런 제안은 받는 게 아닌데…….

신이 나를 벌주고 있는 걸까? 친구를 감시한 죄로? 그렇다면 왜 리셉션의 금발 머리는 벌하지 않는 거지? 그 여자가 나보다 더 나쁜 사람이지 않나? 그런 데서 일하면서 옷도 잘 차려입고, 게다가 아름답기까지 하다! 난 책 한 권도 맘 편히 못

사는데! 왜 나만? 왜 하필 나만? 누군 좋아서 이런 선택을 했겠냐고!

베릴은 내가 카페 안으로 들어가지 못하는데도 신경조차 쓰지 않았다. 그 애도 나쁘다. 자기만 들어가면 나야 어떻든 상관없는 거다. 외뮈르와 세라는 달랐다. 나 때문에 다시 나오려 했으니까. 하지만 나는 고집을 부렸다. 들어가서 즐기라고. 물론 그애들도 내가 30분쯤 후에 들어갔을 때, 나를 까맣게 잊고 자기들끼리 신나게 놀고 있었다. 아무렴 어때!

내가 감당해야 할 굴욕은 거기서 끝나지 않았다. 세헤르 아줌마가 말했다.

"베릴 엄마도 같은 서비스를 해 달래."

정말 그 단어 그대로였다. '서비스'. 나는 세헤르 아줌마에게 '감시 서비스'를 제공하는 중이었던 거다! 아줌마는 덧붙였다.

"세라 엄마는 싫어하더라. 비윤리적이라나!"

그 말을 하면서도 아줌마는 조금도 부끄러워하지 않았다.

어차피 세라 엄마한테는 해 줄 말이 별로 없다. 세라는 학교를 빠질 때도 허락을 받는 애다. 자기 엄마한테 모든 걸 말하진 않더라도 거짓말은 하지 않을 게 분명하다. 나는 그 생각을 세헤르 아줌마에게 털어놓았다. 그러자 아줌마는 콧방귀를 꿔며 말했다.

"단 한 번이라도 결석을 허락해 보라지! 외뮈르처럼 부모 머리 꼭대기에 앉을걸."

베릴을 감시할지는 아직 더 생각해 봐야겠다. 그 애가 나한테 한 행동을 생각하면 그 애 엄마의 제안을 받을까도 싶지만, 일이 점점 커지는 게 두렵다.

그나저나 홀로 카페는 정말 이상한 곳이었다. 귀신들이랑 사람들이 뒤섞여 노는 무도회장 같다고 할까. 드라큘라 백작 같은 괴짜들이 어슬렁거리다가 가끔은 손님들 테이블에 앉아 커피를 마시며 수다를 떨었다. 참 나! 커피 한 잔 값이 얼마나 비싼지 알면, 아마 믿기지 않을 거다!

세헤르 아줌마가 충분한 돈을 주긴 했지만, 나는 거의 먹지도 마시지도 않았다. 돈을 모아야 하니까. 사실 아무것도 주문하지 않으려 했는데, 외뮈르가 하나는 꼭 시켜야 한다고 해서 어쩔 수 없이 커피를 시켰다. 그런데 얘네들은 참 잘도 먹고 마셨다. 도대체 돈은 어디서 나는 걸까? 나는 이민자라서, 그래서 돈이 없는 걸까?

오렌지 구역 사람이고 싶지 않다. 더 이상 바퀴벌레처럼 살고 싶지 않다. 열심히 공부해서 좋은 학교에 들어갔어도 내 신분증에 적힌 출생지를 보는 순간 사람들은 나를 혐오한다. 그들은 진짜 내 모습 따위는 알지도 못하면서 그냥 나를 혐오한다. 가장 끔찍한 건 나조차도 내가 역겹다는 것이다. 신분증에서 내 출생지를 지워 버리고 싶다. 긁어내고 태워서 아무도 나를 알아볼 수 없게 하고 싶다.

아무것도 하고 싶지 않다. 숙제도, 저녁 준비도. 아무도 나를 찾을 수 없는 구멍으로 숨어 들어가, 그곳에서 서서히 썩어 버리고 싶다. ”

야세민(바퀴벌레)

4

“우리 재단은 존경하는 네바 순구르 이사장님의 외동딸 필리즈 바하르를 영원히 기리고, 의지할 곳 없는 아이들을 지원하기 위해 설립되었습니다. 오늘 밤 눈티우스 텔레콤과 리즈바 소프트웨어의 후원으로 열리는 이 자선 경매에 여러분이 함께해 주신다면 그 아이들에게 무엇보다 큰 힘이 될 것입니다. 경매 수익의 10%는 재단에 기부됩니다. 이 뜻깊은 자리를 마련해 주신 네바 순구르 이사장님을 무대 위로 모시겠습니다.”

턱시도를 차려입은 젊은 남자는 소개를 마치고 마이크를 넘기기 위해 옆으로 물러섰다.

네바가 앞으로 나아갔다. 하이힐을 신은 발뒤꿈치가 광택 나는 바닥에 부드럽게 부딪혔다. 우아한 검은 드레스에 화려한 다이아몬드 목걸이가 눈길을 끌었다. 그녀는 무대에 가까워졌을 때 머리칼을 살짝 흩날리며 자신감을 드러냈다. 이 자선 행사에는 저명한 인사를 비롯해 수많은 사람들이 참석했다. 물론 요즘 유행처럼 그들 대다수는 실제 모습이 아니라 홀로그램이었다. 네바는 이런 방식이 못마땅했지만, 그 실용성만큼은 부정하기 어려웠다. 적은 비용으로 유명인을 불러올 수 있었고, 참석자 또한 절반의 비용으로 가상 인물과 어울릴 수 있기 때문이다.

네바가 무대에 오르자 큰 박수가 터져 나왔다.

"친애하는 귀빈 여러분."

네바는 아버지의 특별한 지원을 언급하며 연설을 시작했다. 이어 아동 인권과 보호자가 없는 아이들이 겪는 부당한 처우에 대해 호소했고, 희망적인 미래를 향한 바람으로 마무리했다. 그녀의 목소리에는 시대를 염려하는 진심과 아이들을 향한 따뜻한 열망이 담겨 있었다.

연설이 끝나자 곧바로 경매가 시작되었고, 각종 디지털 아트가 마치 갓 구운 빵처럼 빠르게 팔려 나가면서 거액의 기부금이 모였다. 경매가 끝나고 참석자들이 연회 테이블에 옮겨 앉아 오늘 밤의 성과와 분위기를 두고 담소를 나누었다.

네바의 옆자리에는 개회사를 맡았던 젊은 남성이 앉았다. 재단 운영을 담당하는 그는 오늘 거둔 수익금에 흡족해하며 네바에게 작은 소리로 말했다.

"기부금이 정말 많이 모였어요. 이 기세를 몰아 난민 아이들도 지원하면 좋을 것 같아요. 사실 가장 절실한 건 그 아이들이잖아요."

그 순간, 환한 미소를 짓고 있던 네바의 표정이 단번에 굳어졌다.

"쉿, 조용히 해! 누가 듣겠어. 한 부모 가정이라도 자국민 아이들만 지원하기로 했잖아. 우리 아이들부터 챙겨야지, 걔네가 우리랑 무슨 상관이야?"

"이사장님, 아이는 다 똑같아요. 어디서 태어났는지는 중요하지 않아요. 우리가 그 아이들을 도와준다면, 언젠가 우리 사회에 꼭 필요한 사람이 될 겁니다."

네바는 잠시 말을 잇지 않았다. 이내 속에서부터 메스꺼움이 올라왔다.

"난 그 애들을 눈곱만큼도 믿지 않아. 다시는 이 얘기 꺼내지 마."

말을 마친 그녀는 억지로 미소를 지으며 옆자리에 앉은 티베트 쪽으로 고개를 돌렸다. 티베트는 비꼬는 눈빛을 하고 있었다. 방금 오간 대화를 듣고 난 반응일 게 뻔해서 네바는 짜증이 치밀어 올랐다.

"티베트, 위선 좀 그만 떨어. 흥! 다들 나에게 맞서 인권 옹호자가 된 것 같군! 만약 이 자리에 이민자가 앉아 있다면 10분도 버티지 못하고 뛰쳐나갈 사람은 누구일까? 설마 인류애를 들먹이며 나를 가르치려는 건 아니겠지?"

티베트는 네바의 기분을 상하게 할 마음이 없었기에 화제를 돌리려 했다. 마침 그때, 눈티우스 텔레콤 이사회 인사들이 그들의 테이블로 다가왔다. 네바와 티베트는 곧장 자리에서 일어나 그들을 맞았다. 네바 역시 이민자에 관한 불편한 대화를 끝낼 수 있다는 사실에 안도했다.

이사회 의장이 말했다.

"축하합니다, 네바 이사장님. 정말 훌륭한 소프트웨어를 개발하셨더군요. 덕분에 청소년 층의 성향을 정밀하게 분석해 제공할 수 있어서, 우리 애플리케이션 수익이 무려 열 배나 늘었습니다. 광고 회사들이 매일 저희 회사 문을 두드리고 있어요."

네바는 환하게 웃으며 대답했다.

"감사합니다. 모두가 함께 이룬 성과죠. 지금 시대의 새로운 다이아몬드는 데이터입니다. 날이 갈수록 그 가치가 높아질 거예요."

이사들 중 한 사람이 네바의 다이아몬드 목걸이를 가리키며 농담을 건넸다.

"조만간 데이터로 만든 목걸이를 하시겠어요, 이사장님?"

네바는 억지로 웃어 보이고는 다른 손님들과도 인사를 나눠야 한다며 자리에서 일어났다.

그녀의 시선은 가끔 벽에 걸린 재단 로고에 머물렀다. 거기에는 여전히 딸의 이름이 새겨져 있었다. 그럴 때마다 그녀의 얼굴은 어두워졌지만 곧 스스로를 추슬렀다.

연회가 끝난 뒤, 집으로 돌아가는 차 안. 티베트와 단둘이 앉은 네바는 마침내 억눌러 왔던 고통을 털어놓았다.

"나는 필리즈 바하르의 이름을 남기고 싶어서 이 재단을 설립했어. 그런데 딸의 이름을 볼 때마다 마음이 찢어질 것 같아."

"이해해."

티베트가 조심스럽게 대답했다. 그는 이럴 때면 늘 네바에게 무슨 말을 해야 할지 난감해했다.

두 사람은 말없이 각자 차창 밖을 내다보았다.

오렌지 구역의 경계에 이르렀을 때 그들 눈에 한 소년이 들어왔다. 자기 몸보다 작은 자전거인데도 어떻게 탈지 몰라 하며 힘겹게 몰고 있었다. 하지만 늦은 시간, 누구도 감히 돌아다니지 않는 으스스한 거리에서 이 가련한 소년이 혼자 무엇을 하고 있는지, 두 사람 모두 관심 없이 각자의 생각에 사로잡혀 있었다.

5

"어제는 내 생일이었다. 반 아이들에게는 말하지 않았다. "축하해 줄까? 파티할 거야?" 하고 물어볼까 봐서다.

사실 지금까지 한 번도 생일을 축하받아 본 적이 없다. 그걸 애들이 알게 되면……. 그런데 저녁이 되자 도저히 입이 근질거려 참을 수가 없었다. 결국 외뮈르에게 털어놓았다. 그 애는 왜 진작 말하지 않았냐며 화를 냈다.

오늘 아침 교실에 들어섰을 때 깜짝 놀랐다. 교탁 위에 케이크가 놓여 있었다. 외뮈르가 엄마와 함께 만든 거라고 웃으며 말했다. 반 아이들이 모여 축하해 주었고 나는 촛불을 불어 껐다. 내 인생에서 처음 있는 일이었다.

무척 신났지만 동시에 너무 부끄러웠다. 내가 자신의 비밀을 자기 엄마에게 옮긴 파렴치한이라는 걸 알게 된다면, 외뷔르는 뭐라고 할까? 가장 친한 친구의 비밀을 팔아넘기다니! 끔찍한 죄책감이 밀려왔다. 하지만 또 같이 웃고, 혼혈인 파티 같은 이야기로 수다를 떨다 보면 그 사실을 까맣게 잊어버리곤 한다.

어쨌든 내가 정말 말하고 싶은 건 그게 아니다. 우리 반에 남자애가 하나 있다. 이름은 베흐람이다. 수업이 끝난 뒤 그 애가 다가와 말했다.

"생일인 줄 몰랐어. 내일 커피 한 잔 사 줄게."

순간 나는 얼어붙고 말았다. 그 후로 내내 멍한 기분이었다. 마치 감각이 사라진 것처럼.

거절하고 싶었지만 입이 떨어지지 않았다. 나는 새끼 고양이처럼 얌전해졌다. 뺨까지 발갛게 달아올랐을 게 분명하다. 결국 고분고분하게 "응, 좋아."라고 말해 버리다니, 바보 멍청이!

베흐람은 바른 아이다. 규칙도 잘 지킨다. 얼마 전까지만 해도 '저 애는 완벽해!'라고 생각했을 정도다. 그런데 나한테 다가온 걸 보면, 그 애가 완벽하기만 한 건 아닌가 보다.

외모를 봤을 때 그 애는 그린 구역에 사는 게 분명하다. 늘

말끔하게 옷을 차려입고, 머리를 반듯하게 손질해 빗고 다닌다. 진한 눈썹에 검은 눈동자. 얼굴은 마치 연필로 그린 그림처럼 섬세하게 잘생겼다. 제발 나한테 어디 사느냐고 묻지 않길! 아니다, 차라리 묻는 게 나을지도 모른다. 내가 오렌지 구역에 사는 이민자라는 걸 하루빨리 알아서 이 관계가 싹 끝나 버리면 좋겠다. 어쩌면 이미 눈치챘을지도 모른다.

혹시 그 애가 나를 불법적인 일에 이용하려는 건 아닐까? 예쁜 여자애들이 이렇게 많은데 왜 하필 나에게 말을 건 걸까? 어떤 논리로도 설명되지 않는다.

어쩌면 내가 너무 깊게 생각하는 걸지도 모른다. 그냥 친구가 되고 싶어서일 수도 있고, 수업 필기 노트를 얻으려는 것일 수도 있다. 모르겠다! 하지만 왠지 그런 것 같지는 않다.

그 애가 내 눈을 똑바로 바라보았다. 거친 눈빛은 아니었다. 몇 시간째 나는 그 애 생각밖에 할 수가 없다. 요리도 하기 싫고, 먹고 싶은 마음도 사라졌다. 야세민, 너는 관심에 굶주린 나머지, 이렇게 사소한 일에도 흥분해서 어쩔 줄 몰라 하는구나! 안됐다, 정말!

아무한테도, 심지어 외뮈르한테도 말하지 않았다. 그 애한테 문자를 보내 볼까? 진짜 내 필기 노트만 원했던 건데, 나 혼자 헛물켠 걸 알면 얼마나 비웃을까? 기다려 보자. 어차피 내

일이면 알게 될 테니까.

딥루프에서 그 애 계정을 찾아보았다. 하지만 비공개 계정이었다. 책을 읽는 애일까? 아니, 아마 안 읽을 거다.

아휴, 너무 길게 썼다. 빨리 찢어서 버려야지. 만약 아빠가 이 글을 본다면 내 코에 고리를 걸어 발코니에 매달아 버릴 거다. 예전에 나한테 그렇게 협박한 적이 있었다. 생각만 해도 기절할 것 같다.

아휴! 왜 하필 지금 이런 일이 생긴 거지? 골치 아파! ”

야세민(얌전한 고양이)

야세민은 손에 쥔 종잇조각을 창밖으로 흩뿌렸다. 하지만 바로 그때 모퉁이를 돌아오는 메르완이 눈에 들어왔다. 예상보다 일찍 퇴근한 것이다. 종잇조각이 마치 눈송이처럼 메르완 위로 흩날릴 것 같았다. 야세민은 당황한 나머지 뒤로 물러섰다. 혹시 그가 발걸음을 멈추고 조각들을 주워 모아 읽으면 어쩌나 조마조마했다.

야세민은 가슴을 졸이며 메르완이 나타나기를 기다렸다. 어깨에 종이 한 조각을 달고 문 앞에 선 메르완을 본 순간, 현기증이 몰려왔다. 그러나 야세민은 내색하지 않았다. 메르완은 집 안으로 들어와 부엌을 한번 훑어보고는 화장실로 들어갔다. 그러면서 마치 야세민 탓이라는 듯 불평했다.

"또 콩이야?"

야세민의 머릿속에는 단 하나의 생각만 맴돌았다.

'아빠가 내 글씨체를 알아보면 어떡하지? 종잇조각에 내 이름이라도 적혀 있으면? 내가 몰래 일기를 쓰고 있는 걸 눈치채면? 왜 찢어 버렸냐고 캐물으면 어쩌지?'

식탁에 앉기 전 메르완은 재킷을 벗어 옷걸이에 걸었다. 그 순간 종잇조각이 미끄러져 바닥으로 내려앉았다. 메르완이 힐끗 그걸 보았지만, 대수롭지 않게 지나쳐 곧장 부엌으로 가서 식탁 앞에 앉았다. 그때까지 그는 야세민의 얼굴을 단 한 번도 보지 않았다. 야세민이 친구를 감시해 번 돈으로 산 파스타를 접시에 담아 그의 앞에 놓았을 때조차, 메르완은 무슨 돈으로 재료를 샀는지 묻지 않았다.

메르완은 유령처럼 매사에 무심하면서도 식욕만은 왕성한지 쩝쩝 소리를 내며 음식을 먹어 댔다. 그 뻔뻔함과 거리낌 없는 모습에 야세민은 속이 메스꺼워졌다. 야세민이 아빠에게 바라는 건 단 하나였다. 애원하기 전에 알아서 식재료를 사 오는 것. 하지만 그 단순한 바람조차 오랫동안 충족되지 않았다. 메르완은 접시에 남은 마지막 한입을 삼키고는 자리에서 일어나 거실로 가 버렸다.

야세민은 그 틈을 놓치지 않고 종잇조각을 주웠다. 손에 닿기도 전에 글자가 눈에 들어왔다. '바보 멍청이'. 야세민은 피식 웃으며 혼잣말을 했다.

"그 수많은 종잇조각 중에 하필이면 아빠한테 간 게 이거라니! 기가 막히게 딱 맞네."

메르완의 코 고는 소리를 들으며 주방을 정리하던 야세민은 곧 다음 날 있을 시험이 떠올랐다. 거의 달리듯 방으로 가 책상 앞에 앉았다. 문제 세 개를 풀었을 때 외뮈르에게서 메시지가 도착해 집중력이 한순간에 흩어졌다.

뭐 해?

그냥, 시험 문제 좀 풀고 있었어. 너는?

딥루프에서 어떤 사람을 알게 됐는데, 만나재.

일주일째 연락을 주고받았어.

어느 학교 다녀?

대학교.

흠.

봐 봐, 사진 보낼게.

외뮈르는 딥루프 계정에서 캡처한 사진을 보냈다. 스포츠카 안에서 선글라스를 낀 채 포즈를 취하고 있는 젊은 남자였다. 분명 그린 구역 사람이었다.

멋진걸! 다른 사진도 있어?

이거 하나밖에 없어.

계정에 사진이 하나뿐이라고?

응. 팔로워도 많지 않아. 별로 사용하지 않는대.

그럼 널 어떻게 찾았대?

딥루프가 추천했대.

겹치는 친구가 있어?

아니.

관두는 게 좋겠다.

세상에! 네가 우리 엄마냐?

외뮈르는 더 이상 아무 말도 하지 않은 채 갑자기 접속을 끊었다. 야세민은 불쾌해하면서도 지금까지 들은 이야기를 세헤르에게 전해야 할지 말지 망설였다. 이 고자질 임무는 끝도 없이 이어지는 것만 같았다. 도무지 집중할 수 없어서 컴퓨터를 켰다. 기분 전환이 필요할 때면 종종 들어가는 '단어 게임' 채팅방에 접속했다.

닉네임이 '매드해터'인 상대는 실력이 꽤 뛰어났다. 야세민은 영어 회화 연습에 좋은 기회라고 생각하며 먼저 말을 걸었다. 둘은 게임을 하면서 동시에 채팅을 이어 갔다.

매드해터는 자신을 야세민보다 두 살 많은 여고생이라고 소개했다. 지구 반대편에 살고 있고, 『이상한 나라의 앨리스』와 『은하수를 여행하는 히치하이커를 위한 안내서』의 팬이라는 점이 야세민과 같았다. 30분쯤 지나자 대화는 꽤 깊어졌다. 그러나 미뤄 둔 숙제가 떠올라 야세민은 채팅을 멈출 수밖에 없었다. 둘은 다음 날 저녁 다시 접속하기로 약속하고 헤어졌다. 짧지만 진한 대화 덕분에 야세민의 마음은 한결 가벼워졌다.

6

"나는 밤하늘의 별을 바라보는 걸 좋아한다. 저렇게 반짝이고 있지만, 그중 어떤 건 이미 오래전에 사라졌다는 사실을 떠올리면 묘한 기분이 든다. 언젠가 나도 죽겠지. 하지만 내게는 저 별들처럼 오랫동안 반짝일 빛은 없을 것 같다. 만약 아빠가 지금과는 다른 사람이었다면 나는 더 많은 글을 썼을 것이다. 찢어 버려야 했던 페이지들을 다 간직했을 수도 있었을 것이다. 어쩌면 작가가 될지도 모른다. 그럴 수 있다면 내 말들은 별빛처럼 남아 세상을 비출 것이다. 나는 많은 이야기를 쓸 테고, 어쩌면 거기에는 '사랑'을 주제로 한 글도 있을지 모르겠다.

오늘 1교시가 끝나고 쉬는 시간에 베흐람이 다가와 커피를 마시자고 했다. 바로 옆자리에 있던 외뮈르가 고개를 돌려 베흐람과 나를 번갈아 바라봤다. 외뮈르는 어쩐지 기분이 좋지 않아 보였다. 내가 미리 말하지 않아서 그런 건지, 아니면 다른 이유가 있는 건지 알 수 없었다. 그 후로 외뮈르는 아무것도 묻지 않았다. 마치 우리 사이가 원래부터 친하지 않았던 것처럼 굴었다. 바로 옆에 있으면서도 멀리서 지켜보는 사람 같다고나 할까. 방금도 문자를 보냈는데 답이 없다. 나한테 서운한 걸까? 설마 고자질이 들킨 건 아니겠지? 말도 안 돼. 그걸 어떻게 알겠어.

베흐람은 짐작대로 그린 구역에 사는 아이였다. 그 애는 내가 어디에 사는지 묻지 않았다. 아니, 아예 아무것도 묻지 않았다. 내가 오렌지 구역 아이란 걸 벌써 눈치챘겠지. 베흐람은 공부 이야기를 했고, 스포츠에도 관심이 많다고 했다. 심지어 마라톤을 한다고 했다. 42킬로미터를 쉬지 않고 달린다니, 도무지 상상조차 되지 않았다.

물론 나는 말을 많이 하지 않았다. 취미가 없기 때문이다. 취미는 그린 구역 사람들의 전유물이다. 집에 돌아오면 요리하고, 교복을 빨고, 설거지를 해야 한다는 말은 굳이 하지 않았다. 대신 내가 읽은 책에 대해 조금 이야기했다. 그것도 취미라

할 수 있는지 모르겠지만. 그 애는 관심 있는 듯 들어 주었지만, 정작 책을 읽는 것 같진 않았다. 사실 내 주변에서 책을 읽는 사람은 나뿐인데, 베흐람이라고 다를 리 있을까?

그 애와 마주 앉아 이야기하는 동안 내 얼굴이 빨개지는 게 느껴졌다. 베흐람은 너무 잘생겼다. 내 마음을 그 애가 눈치채지 않기를 간절히 바랐다. 지금 돌이켜보니 얼굴이 다시 뜨거워지는 것 같다.

오늘은 내가 쓴 글을 버리고 싶지 않다. 처음이다. 믿기 힘들지만 드디어 기억하고 싶은 좋은 추억이 생긴 걸까.

모르겠다. 어쩌면 이제 새로운 방식으로 일기를 써야 할지도 모른다. ”

야세민(커피집 미녀)

야세민은 외뮈르에게서 답 문자가 오지 않아 울적했다. 외뮈르 때문에 신경이 곤두섰지만, 한편으로는 어서 매드해터와 만나 베흐람과 있었던 일을 털어놓고 싶어 안달이 났다. 전혀 모르는

사람에게 비밀을 말하는 건 묘한 해방감을 주었다. 그날 밤 야세민과 매드해터는 게임보다 채팅에 더 많은 시간을 쏟았다. 매드해터 역시 그걸 원했다. 야세민이 자신의 이야기를 꺼내자, 매드해터도 비슷한 경험을 들려주었다. 대화는 점점 깊어졌고, 결국 야세민은 자신이 하고 있는 '감시 서비스'까지 고백하게 되었다.

매드해터는 야세민을 비난하지 않았다. 오히려 경제적인 어려움이 어떤 건지 안다고 했다. 자신도 아버지가 집을 나간 뒤 어머니와 동생들과 힘든 시간을 보냈다며, 그때 그런 제안을 받았다면 아마 자신도 같은 선택을 했을 거라며 위로했다. 그 순간 전화벨이 울리지 않았다면 야세민은 밤새 매드해터와 채팅했을 것이다.

전화를 건 사람은 세헤르였다. 세헤르는 인사도 없이 다짜고짜 따져 물었다.

"왜 나한테 말 안 했어? 왜?"

"무슨 말씀이세요? 제가 무슨 말을 안 했다는 거예요?"

야세민이 반문했다. 딥루프에서 만난 남자 얘기를 외뮈르가 들킨 걸까 싶었지만, 내색하지 않았다.

"거짓말하지 마. 어제 외뮈르가 너한테 얘기했고, 문자도 주고받았잖아."

야세민은 당황했지만 애써 태연한 척했다.

"아, 그거요? 별거 아니에요. 다들 친구랑 문자 정도는 주고받잖아요."

"그러니까 넌 그 만남에 대해 몰랐다는 거야? 그걸 내가 믿을 거라고 생각하니?"

세헤르가 화난 이유는 이해할 수 있었지만, 야세민은 여전히 혼란스러웠다.

"아줌마, 정말 왜 그러시는지 모르겠어요. 어제 문자 주고받은 거 말고는 전 아는 게 없어요. 문자를 보셨다니까 제가 뭐라고 했는지도 아실 거 아니에요. 그 일 때문에 종일 외뮈르가 저한테 엄청 쌀쌀맞게 굴었다니까요."

세헤르는 한동안 침묵하더니 한결 누그러진 목소리로 하소연하듯 말했다.

"아휴, 야세민, 도대체 이게 무슨 일이니? 그 미치광이가 알고 보니 마흔다섯 살이나 먹은 놈이었어! 외뮈르가 그놈 차에 타려는 걸 내가 붙잡았잖니."

야세민은 충격으로 얼어붙었다. 세헤르의 목소리가 격앙된 채 이어졌다.

"가짜 사진으로 계정을 만들어 여자애들한테 접근한 거야. 변태 새끼! 자기는 그 사람 운전기사라고, 모시고 가겠다고 했대. 외뮈르는 그 말을 순진하게 믿은 거고. 더러운 놈!"

"그런데 아줌마는 그걸 어떻게 아셨어요?"

"'피욘 pawn[4]'이 알려 줬어."

"피욘이요?"

"넌 알 필요 없어. 나 솔직히 너에게 좀 실망이야. 이제 무슨 일이 생기면 바로바로 나한테 알려 줘야 해. 알았지? 내가 괜히 내 아이의 뒤를 캐겠니? 이것 봐. 큰일 날 뻔했잖아!"

야세민은 귀가 먹먹해지고 얼굴이 화끈거렸다. 뉴스에서 접하던 여성 살해 사건들이 머릿속을 스쳐 지나갔다. 숨이 막힐 것만 같았다.

그날 외뮈르를 제대로 신경 쓰지 않았던 것, 그 애와 더 이야기하지 못했던 것이 뼈아프게 후회됐다. 그러다 불현듯 베흐람 역시 비밀 계정을 가지고 있을지 모른다는 생각이 스쳤다. 세상이 한순간에 낯설고 무서워졌다. 이제는 누구도 믿을 수 없을 것 같았다.

매드해터와도 더 이상 대화를 이어 가고 싶지 않았다. 이미 너무 많은 걸 털어놓아 버렸다는 불안이 엄습했다. 매드해터의 알림이 도착하자, 야세민은 더는 채팅할 수 없다고 사과의 말을 남겼다. 내일 저녁에 다시 만나자는 매드해터의 메시지에는 답하

4 '피욘Piyon'은 튀르키예어로 체스 말 중 가장 약한 말인 '폰pawn'을 뜻한다. 원어의 발음을 살려 '피욘'으로 표기하고 영문 pawn으로 병기했다.

지 않았다. 세상 모든 사람이 잠재적인 연쇄 살인범처럼 보였다.

다음 날 야세민은 아침 일찍 집을 나섰다. 외뮈르와 늘 만나던 곳, 오렌지 구역과 그린 구역의 경계에 도착해 친구를 기다렸다. 등굣길에 단둘이서 이야기를 나누고 싶었기 때문이다. 하지만 시간이 흘러도 외뮈르는 나타나지 않았고, 전화 역시 받지 않았다. 야세민은 직접 찾아가 보기로 마음을 굳히고 외뮈르의 집 쪽으로 발걸음을 옮겼다.

평소와 달리 아파트 출입문이 열려 있었다. 야세민은 다행이라 여겼다. 벨을 누르는 건 왠지 내키지 않았기 때문이다. 계단을 오를수록 심장이 점점 더 세게 뛰었다. 마침내 5층에 도착했을 때, 야세민은 잠시 숨을 고르고 조심스럽게 문을 두드렸다. 잠시 후 문이 열리며 세헤르가 나타났다. 눈 화장이 번져 있었고 잠옷 차림이었다. 힘든 밤을 보낸 게 분명했다.

"안녕하세요, 세헤르 아줌마. 외뮈르가 걱정돼서 왔어요."

야세민은 불쑥 찾아온 걸 변명하듯 말했다.

"들어오렴. 내내 울더니 밤을 꼴딱 새워 버렸지 뭐니. 오늘은 학교 안 보낼 거야."

야세민은 재빨리 신발을 벗고 안으로 들어갔다. 외뮈르의 집이 이렇게까지 어질러진 건 처음이었다. 옷걸이에 걸려 있어야 할 옷들이 바닥에 널브러져 있었고, 신발은 이곳저곳에 흩어져 있었으며, 현관 매트는 한쪽으로 밀려나 있었다.

"내가 너한테 말한 거, 외뮈르는 몰라. 알아서 둘러대라."

세헤르가 피곤한 얼굴로 나직이 말했다.

야세민에게는 어려운 일이 아니었다. 전화를 받지 않아 걱정했다고, 왜 자신을 멀리하는지 알고 싶다고 말하면 그만이었다. 그러다 문득 야세민은 예전보다 훨씬 쉽게 거짓말을 하고 있는 자신을 깨달았다. 하지만 지금은 그런 걸 곱씹을 때가 아니었다.

외뮈르의 방문은 굳게 닫혀 있었다. 조심스럽게 노크했지만 아무 기척이 없었다. 야세민은 조심스레 문을 열고 안으로 고개를 들이밀었다. 꽃무늬 커튼이 드리워진 방 안은 온통 어질러져 있었다. 옷가지며 책, 장신구들이 바닥에 흩어져 있었다. 외뮈르는 벽을 바라보고 침대에 웅크린 채 누워 있었다.

"외뮈르."

야세민의 목소리에 외뮈르는 화들짝 놀라며 몸을 돌렸고, 친구를 보자마자 벌떡 일어나 곧장 야세민을 끌어안았다. 두 사람은 한동안 말없이 서로를 꼭 껴안았다.

"끔찍한 일이 있었어."

외뮈르가 속삭이듯 말했다.

야세민은 울어서 부어오른 친구의 얼굴을 바라보며 조심스레 물었다.

"무슨 일이 있었던 거야?"

"네 말이 맞았어. 딥루프에서 만난 그 남자, 사진이 가짜였어. 오랫동안 연락을 주고받다가 드디어 만나기로 했는데……. 어떻게 그럴 수가 있니? 채팅할 땐 엄청 다정했다고."

외뮈르가 울먹이며 두서없이 쏟아냈다.

"그래서 그 사람이 나쁜 짓을 하려고 했어?"

"만나기 한 시간 전에 문자가 왔어. '내 운전기사가 널 태우러 갈 거야' 그래서 나갔는데, 대머리에 콧수염이 난, 배 나온 아저씨가 왔지 뭐야. 근데 진짜 아빠처럼 다정하게 굴더라고. 설마 변태일 줄은 꿈에도 몰랐지. 차를 타고 막 출발하려는 순간 다행히 엄마가 날 붙잡았어. 곧 경찰도 왔고. 그 남자, 예전에도 여고생을 꾀어 성폭행했던 범죄자래. 완전 악질이야!"

"세상에, 말도 안 돼!"

"문자 주고받을 땐 전혀 몰랐어. 내가 좋아하는 드라마며 음악, 홀로 카페, 하이브리드 파티까지……. 다 알고 있었다니까? 너라도 깜빡 속았을 거야."

"아줌마가 나타나서 정말 다행이다! 얼마나 무서웠을까!"

"정말 끔찍했어. 근데 이상하지 않아? 내가 아무한테도, 진짜 아무한테도 말 안 했잖아. 너도 몰랐고. 그런데 엄마가 어떻게 알고 온 걸까? 엄마 말로는 그냥 우연히 내가 낯선 남자랑 얘기하는 걸 보고 경찰을 불렀대. 말이 돼? 뭔가 이상해."

"혹시 네가 주고받은 문자를 아줌마가 본 거 아냐?"

"불가능해. 비밀번호도 걸어 놨다고. 문자도 바로바로 다 지웠어."

"나한텐 보낸 건?"

"당연히 지웠지. 아니면…… 혹시 엄마가 내 폰을 실시간으로 추적하는 걸까? 생각만 해도 끔찍해! 어쨌든 이 일이 잠잠해지면 엄마가 어떻게 내 사생활을 알고 있는지 꼭 밝혀낼 거야."

야세민은 자신 말고도 세헤르에게 정보를 제공하는 다른 감시자가 있는 게 아닐까 의심했다. 그러다 지난밤 세헤르가 흘리듯 내뱉었던 '피욘'이라는 이름이 불현듯 떠올랐다. 하지만 그걸 외뮈르에게는 말하지 않았다.

"어쨌든 학교에 가자. 집에 혼자 있으면 더 우울해질 것 같아."

야세민과 이야기를 나누며 안정을 찾은 외뮈르가 말했다.

학교로 가는 길에 야세민은 베흐람과 있었던 일을 외뮈르에게 털어놓았다. 그 덕분에 두 사람 사이에 쌓여 있던 오해와 불신은 말끔히 사라졌고, 긴장감도 완전히 해소되었다.

그날 야세민은 베흐람이 다가와 말을 걸려고 했을 때 일부러 시선을 피하며 무심한 태도를 보였다. 외뮈르가 겪은 일을 떠올리면 불안하고 혼란스러웠기 때문이다. 쉬는 시간 내내 야세민은 외뮈르 곁에서 떨어지지 않았다. 최근 일어난 일들이 머릿속에 맴돌았다. 세헤르, 베흐람, 매드해터 그리고 외뮈르에게 접근한 변태까지. 뒤엉킨 생각들이 목구멍을 막는 이물질처럼 답답하게 걸려 있었다. 야세민은 아무에게도 모든 것을 말할 수 없었다. 말문을 열어도 결국 겉도는 이야기로 끝날 뿐이었다.

야세민이 집에 돌아와 컴퓨터를 켜자, 매드해터가 보낸 메시지가 도착해 있었다. 불안한 마음에 야세민은 다운받은 게임을 통째로 삭제했다. 그 안에 남긴 흔적까지 싹 다 지울까도 생각했지만, 실행에 옮기지는 않았다. 세상과 연결된 줄이 완전히 끊기다는 생각이 야세민을 불안하게 만들었다.

'내 이름조차 모르는데, 설마 무슨 일이 생기겠어?'

야세민은 그렇게 스스로를 안심시켰지만, 다음 날 치러질 시험 공부에는 도통 집중할 수가 없었다.

그러다 문득 다시 피욘이 떠올랐다.

'사람 이름 같지는 않은데, 도대체 뭐지?'

야세민은 인터넷을 뒤지다 눈티우스 텔레콤 웹사이트에서 피욘이라는 애플리케이션을 발견했다. 어떤 기능인지 확인하기 위해 앱을 내려받고 회원 가입을 시도했지만, 곧 보호자 인증 절차가 나타났다. 성인 명의의 전화번호와 신분증이 필요했다. 그때 마침 거실에서 메르완의 코 고는 소리가 들렸다.

야세민은 문득 한 가지 아이디어를 떠올렸다.

메르완은 거실 테이블에 휴대 전화를 올려둔 채 곯아떨어져 있었다. 마치 늙은 물개가 누워 있는 것 같았다. 야세민은 죄책감이라고는 눈곱만큼도 느끼지 않았다. 들키지만 않으면 된다는 생각뿐이었다. 조심스레 메르완의 휴대 전화를 집어 든 뒤, 벗어 둔 재킷 주머니에서 낡아 빠진 지갑을 꺼내 신분증까지 빼냈다. 이런 일을 처음이었다.

다행히 휴대 전화에는 비밀번호조차 걸려 있지 않았다. 그 사실이 오히려 야세민을 허탈하게 만들었다. 이 낡은 휴대 전화에 뭐 하러 비밀번호를 걸어 두겠는가. 지킬 돈도, 감출 비밀도 없을 텐데.

야세민은 메르완의 휴대 전화에 피욘 앱을 내려받으려 했다. 그런데 뜻밖의 일이 벌어졌다. 앱은 이미 설치되어 있었던 것이다.

2부

피욘 VS 피요니프샤

7

얼룩말 무늬 드레스를 입은 네바는 뒤로 길게 늘어진 공작 꼬리 장식을 간신히 모아 쥔 채 계단을 내려갔다. '디지털화 리더스'가 주최하는 하이브리드 파티에 연사로 초대된 그녀는 오늘 밤 '올해의 가장 영향력 있는 앱 10'에 이름을 올리길 기대하고 있었다.

"의상 멋진데!"

티베트가 말했다. 그는 등에 반딧불이 날개가 달린 뱀가죽 양복을 입고 있었다.

"당신도 근사해. 요즘엔 하이브리드 파티에 가는 게 제일 신나. 덕분에 지루한 비즈니스 미팅도 기다려지지 뭐야."

네바가 미소 지으며 답했다.

문 앞에는 호텔로 데려다줄 전용 차량이 대기하고 있었다. 두 사람은 웃고 있다가 운전석에서 기사가 내리는 걸 본 순간 움찔했다. 기사가 직접 운전하는 차를 보는 게 꽤 오랜만이었기 때문이다.

"의외네요, 기사가 운전하는 차라니."

티베트가 말했다.

"초대장 하단에 안내문이 있습니다. 보안상의 이유로 주최 측에서는 무인 자율 주행 차량을 이용하지 않습니다."

티베트가 초대장을 다시 확인했다. 운전기사가 동행한다는 안내 문구가 분명히 적혀 있었다.

"여기 설명대로 인증 코드를 알려 주세요."

초대장을 확인한 네바가 말했다.

"네, 손님. 인증 코드는 M-20480239입니다."

기사가 말한 번호는 초대장에 적힌 것과 일치했다. 그런데도 네바는 안심할 수 없었다. 그녀는 집 안으로 돌아가 디지털화 리더스의 주최자인 친구에게 전화를 걸어 확인을 받은 뒤에야 차를 탈 수 있었다. 하지만 이동하는 동안에도 네바의 마음은 불안했다. 최근 무인 자동차가 해킹당한 사건 때문에 마련한 조치라는 걸 이해하면서도 네바는 인간을 믿는 것이 더 위험하다고 생각했다.

그녀는 불안을 잠재우기 위해 창밖을 바라보았다. 차는 숲이 우거진 주택지를 벗어나 고속도로로 접어들었다. 고층 빌딩들이 사방에서 화려한 불빛을 뿜어내며 밤을 환하게 밝히고 있었다. 불빛 때문에 별은 하나도 보이지 않았고 초승달만 덩그러니 떠 있었다. 달리는 차 주변으로 드론이 붉은색과 초록색 빛을 반짝이며 날아다녔다. 고속도로를 벗어나 시내로 들어서자 불빛은 더욱 화려해졌다. 상점 쇼윈도, 가로등, 네온사인의 불빛이 거리를 환히 비추었다. 24시간 내내 감시 카메라가 작동했으며, 로봇 경찰이 방범을 위해 대기하고 있었다.

12년 전에도 지금처럼 그린 구역과 오렌지 구역이 분리돼 있었더라면, 모든 게 달라졌을지도 모른다고 네바는 생각했다. 어쩌면 딸아이를 잃지 않았을지도 모른다고.

"네바루쉬, 당신 괜찮아?"

갑자기 티베트가 물었다.

"당신, 내 마음을 읽는 거야? 신경이 예민해질 때마다 꼭 그렇게 묻더라."

"마음을 읽는 게 아니라 몸짓을 읽는 거지. 지금 다리를 떨고 있잖아."

"내가 그랬다고?"

네바가 놀란 표정으로 되물었다.

"그렇다니까. 하지만 그건 여러 신호 중 하나일 뿐이야. 같이 산 지 벌써 10년인데, 그 정도는 알 수 있지."

티베트는 장난스럽게 윙크를 했고, 네바는 웃으며 그의 어깨에 살짝 머리를 기댔다. 약 30분 뒤 호텔에 도착했을 때쯤, 그녀는 긴장이 완전히 풀렸다.

호텔 홀에 들어서는 순간, 사람들의 시선이 일제히 네바와 티베트에게 쏠렸다. 이 파티의 중요한 인물이 그들이라는 이유도 있었지만, 무엇보다 두 사람이 입은 하이브리드 의상이 모두의 눈길을 사로잡았기 때문이었다.

문 앞에서 그들을 맞이한 행사의 주최자가 네바의 귀에 대고 속삭였다.

"자기야, 표정 관리 잘해. 상 열 개 중 하나는 자기 거니까. 그나저나 그런 대단한 아이디어는 도대체 어디서 난 거야?"

네바가 희미한 미소를 지었다. 동시에 그녀의 눈이 티베트의 눈과 마주쳤다.

1년 전.

"티베트, 이거 당신 맞지?"

네바가 손을 떨며 소리쳤다. 불안한 예감에 돌아올 대답이 두려웠다. 그녀는 자리에서 일어나 거실을 서성거렸다. 당황한 기색이 역력했다. 위층에서 티베트의 목소리가 들려왔다.

"뭐가 나라는 거야?"

"말도 안 돼! 당신 말투랑 똑같았다고. 당신처럼 날 '네바루쉬' 라고 불렀다니까!"

네바의 목소리가 한층 높아졌다.

티베트는 네바가 있는 아래층으로 내려왔다.

"무슨 소리야? 누가 뭘 어쨌다는 거야?"

"딥루프 말이야. 거기서 당신한테 메시지를 받았어. 내일 밤 하이브리드 파티 얘기도 했어. 그걸 어떻게 알았지? 아무튼 메시지를 주고받다가 당신이, 아니 그자가 보낸 링크를 열자마자, 딥루프에서 튕겨 나왔어. 다시 접속하려고 해도 비밀번호가 바뀌어서 컴퓨터를 켤 수도 없어."

네바는 두서없이 말을 쏟아냈다.

티베트는 네바의 컴퓨터를 살펴본 뒤 휴대 전화로 자신의 딥루프 계정에 접속을 시도해 보았다.

"해킹당한 것 같아. 내 계정도 접속이 안 돼. 게시물을 많이 올리지 않아서 이중 인증을 안 걸어 놨거든. 젠장, 해커가 나로 위장해서 당신에게 접근한 거야. 우리 사이에 오간 글들을 보고 나를 흉내 낸 거지. 지난주에 내가 딥루프로 당신에게 파티 초대장을 보냈잖아. 그걸 봤을 거야. 정부 부처에 바로 알리자! 당신 프로젝트에 대해 뭔가 알아내려는 것 같아. 당신을 겨냥해 만든 정교한 바이러스라고 봐야 해."

그 순간, 네바의 휴대 전화에 국방부에서 보낸 메시지가 도착했다. 프로젝트에 참여한 다른 엔지니어들도 같은 방식으로 해킹당했다는 내용이었다.

"세상에! AI 기술이 이렇게까지 발전했다고? 소름 끼친다."

네바가 좌절감에 젖은 목소리로 말했다.

"그러게 말이야. 튜링[5]이 이걸 봤다면 슬퍼했을 거야. 아무튼 오늘은 그만 일하고, 좀 쉬자."

티베트가 커피를 들고 되돌아왔을 때 네바는 깊은 생각에 잠겨 있었다. 그녀는 발코니 지붕을 받치고 있는 기둥 아래에 돋아난 풀을 바라보고 있었다. 티베트는 순간 긴장했다. 네바가 딸을 떠올릴 때면 이렇게 아무 말 없이 몇 시간이고 멍하니 있었기 때문이다.

티베트는 의자를 그녀 가까이 끌고간 다음 한 손을 네바의 어깨에 얹었다.

"네바루쉬? 무슨 생각에 그렇게 해?"

5 앨런 매시선 튜링(1912~1954). 영국의 수학자이자 논리학자. '튜링 머신'을 고안하여 오늘날 계산기의 수학적 모델을 만들었다. 그가 1936년에 발표한 가상적인 기계 '튜링 기계'는 현재의 컴퓨터에 기본적인 작동 개념을 제공한 것으로 알려져 있다.

그는 불안한 기색을 감추며 물었다.

"이걸…… 우리가 어떻게 활용할 수 있을지 고민하고 있어."

네바가 대답했다.

"우리도 해킹하자, 뭐, 그런 말을 하려는 거야?"

티베트가 농담 섞인 말투로 웃으며 말했다. 그는 네바가 딸이 아니라 일에 대해 생각하고 있다는 걸 알고는 안심했다.

"아이디어가 하나 떠올랐어."

그녀의 어조는 진지했지만 어딘가 음모의 기운이 서려 있었다.

"다른 사람 계정을 해킹하는 건 불법이지만, 허점이 있어. 18세 미만 아이들의 계정이라면 보호자 명의로 접근할 수 있거든."

"아, 알겠다! 학부모용 자녀 보호 패키지 같은 거구나?"

"맞아, 정확해. 내가 알기로는, 보호자가 자녀 계정에 접근하는 건 제약이 거의 없어. 물론 변호사한테 확인해야겠지만. 어차피 데이터는 AI가 정리해서 부모에게 보여 주는 방식일 테니 문제없을 거야. 제3자는 접근할 수 없도록 막고. 우린 그 데이터를 익명 처리해서 개인 식별 정보를 제거한 뒤 원하는 회사에 판매하는 거야. 완전히 일석이조지."

티베트는 감탄 어린 눈빛으로 네바를 바라보았다. 위기를 단숨에 기회로 바꾸는 그녀의 능력에 매번 놀랄 수밖에 없었다.

그렇게 네바는 부모를 위한 자녀 보호 앱 개발에 착수했다.

자신을 속였던 기술을 이용해서 아이들을 감시하고 싶은 부모를 타깃으로 한 앱을 만들기로 한 것이다.

심리학자, 게임 개발자, 변호사, 그래픽 디자이너 등 여러 분야의 전문가들이 참여한 대규모 팀이 꾸려졌고, 몇 달간의 작업 끝에 마침내 앱이 완성되었다. 이제 남은 건 단 하나, 앱의 명칭을 정하는 일이었다. 기능이 노골적으로 드러나지 않으면서도 의미를 담고 있어야 했다.

어느 날 아침, 티베트가 들뜬 목소리로 말했다.

"그 앱 말인데, '피욘' 어때? 딱 '감시 서비스' 느낌이잖아. 당신한테 은밀히 조종당하는 체스판의 말 같기도 하고, 당신이 만든 AI의 병사 같기도 하고 말이야."

네바는 가만히 듣고 있다가 고개를 살짝 기울였다.

"피욘이라……. 체스에서 가장 약하지만 가장 많이 움직이는 말이지."

티베트가 고개를 끄덕였다.

"맞아. 처음엔 보잘것없어 보여도, 끝내 퀸으로도 변신하잖아. 겉으론 별거 아닌 것 같아도 결국 판을 바꾸는 건 피욘일 수 있지."

네바는 잃어버린 퍼즐 조각을 찾은 듯 조용히 만족스러운 웃음을 지었다.

8

빨간색 바탕에 흰색으로 대문자 'P'만 적힌 단순한 아이콘이었다. 야세민은 한동안 그 화면을 뚫어져라 보며 숨을 골랐다. 클릭했을 때 마주하게 될 상황을 대비하기 위해서였다. 마침내 떨리는 손가락이 그 작은 'P'를 눌렀다.

메르완의 메일함에는 읽지 않은 메시지 하나가 있었다. 야세민은 심호흡으로 마음을 다잡고 메시지를 열었다. 첫 줄에 야세민의 이름이 적혀 있었지만, 그다지 놀라지 않았다. 진짜 충격은 그다음이었다.

메일에는 야세민이 방문한 웹사이트, 사용한 애플리케이션, 게임 기록까지 모든 정보가 줄줄이 나열돼 있었다. 위쪽에 표시

된 '주간 보고서'라는 첨부 파일을 황급히 열었다. 그 안에는 자신이 돈을 받고 친구를 감시한 사실부터 베흐람과 있었던 일까지 모든 것이 상세하게 기록되어 있었다.

야세민이 이 상황을 이해하는 데는 오래 걸리지 않았다. 매드해터에게 털어놓았던 내용들이 하나도 빠짐없이 이 보고서에 담겨 있었기 때문이다.

야세민은 혼란 속에서 보고서를 삭제했다. 그리고 곧바로 설정 메뉴로 들어가 다른 것이 더 있는지 확인하려는 순간, 메르완의 휴대 전화가 울리기 시작했다. 모르는 번호였다. 야세민은 불에 덴 듯 깜짝 놀라 휴대 전화를 침대 위로 내던졌다. 잠시 뒤 정신을 가다듬고 급히 전화를 끊었지만 이미 벨소리는 크게 울린 뒤였다. 금방이라도 심장이 몸 밖으로 튀어나올 듯 미친 듯이 뛰었다.

야세민은 휴대 전화를 들고 살금살금 거실로 걸어갔다. 문지방 너머로 메르완을 조심스레 바라보았다. 그는 불편한 듯 몸을 뒤척였지만 다행히 깨어나지는 않았다. 야세민의 몸은 활처럼 팽팽히 긴장한 상태였다. 야세민은 앱을 끄고 휴대 전화를 원래 있던 자리에 조용히 내려놓았다.

방으로 돌아온 야세민은 침대에 벌렁 누워 멍하니 천장을 바라보았다. 긴장으로 죄어 있던 마음은 점점 분노로 바뀌었다. 분노에 휩싸인 야세민은 자리에서 벌떡 일어나 컴퓨터를 켜고, 매드해터의 메시지를 열어 보았다. 약어 몇 개를 제외하면 오타나 모호한 표현은 없었다.

또래 아이들과 달리 문장이 지나치게 정확하다는 점이 의아했지만 단어 게임을 즐겨 하니 이 정도 문장은 쓸 수 있나 보다 하고 넘어갔었다.

야세민은 매드해터에게 메시지를 보냈다. 몇 초 지나지 않아 답장이 도착했다. 매드해터는 자기 이야기를 조금 꺼내더니 슬며시 베흐람에 관해 묻기 시작했다. 그러나 야세민은 그 질문에 답하는 대신 영상 통화를 할 수 있는지 물었다. 돌아온 답은 "가족이 절대 허락하지 않을 거야"였다. 야세민은 굳이 가족에게 모든 것을 말할 필요는 없다고 끈질기게 설득했지만 대화는 점점 평행선을 달렸고, 끝내 매드해터는 말도 없이 사라져 버렸다.

야세민은 마치 갇혀 버린 듯한 기분에 사로잡혔다. 이제 무엇을 해야 할지 막막했다. 세헤르가 피욘을 통해 외뮈르의 비밀 만남을 알게 되었다는 건 분명했지만, 정작 그 앱을 어떻게 알게 되었는지 그녀는 끝내 밝히지 않았다.

야세민은 수치와 분노로 얼굴이 달아오르는 것을 느꼈다. 그리고 지금 이 일을 누구에게도 털어놓을 수 없는 자신의 처지를 깨달았다.

야세민은 딥루프에 있는 채팅 채널을 뒤지기 시작했다. 그리고 마침내 **#엄마가어떻게알까?**라는 이름의 채널을 발견했다. 오픈 채팅이었기 때문에 야세민은 아무 제약 없이 들어가 글을 읽어 내려갔다. 부모에게 말하지 않은 비밀을 어느 순간 들켜 버린 10대들이 서로의 경험을 나누고 있었다.

이 채널을 만든 건 제파라는 이름의 남자였다. 제파의 엄마는 대학 입시를 앞두고 공부에 방해된다며 그가 여자 친구와 만나는 것을 반대했다. 제파는 몰래 교제를 이어 가려고 했지만, 이상하게도 엄마는 늘 모든 걸 알고 있었고, 그 이유를 알 수 없어 미칠 지경이라고 했다.

야세민은 자신의 경험을 채팅방에 올리고 싶다는 강한 충동을 느꼈다. 하지만 컴퓨터와 휴대 전화로 하는 모든 행동이 감시당하고 있었기에 당장은 실행에 옮기지 않았다. 야세민은 컴퓨터를 끄고 교과서를 꺼냈다. 세헤르가 준 돈으로 산 책이었다. 야세민은 자신이 외뮈르에게 한 짓이 부끄러웠다. 스스로를 정당화하려고 이런저런 핑계를 대 보았지만 이제는 그 어떤 변명도 의미 없게 느껴졌다.

야세민은 벽을 향해 힘껏 책을 내던졌다.

"이제 다 그만둘 거야. 책이 한 권이 있든 아예 없든 뭐가 달라지겠어!"

야세민은 분노를 억누르지 못한 채 거칠게 휴대 전화를 집어 들었다. 그리고 세헤르에게 문자를 보냈다.

이제 더는 아줌마의 피욘이 아니에요!

야세민은 침대에 누웠다. 세헤르가 연달아 보낸 문자에는 아무런 답장도 하지 않았다.

"어떤 순간에 갇힌다는 게 무슨 의미인지 아는 사람이 있을까? 모든 사람과 모든 것이 시간을 따라 흘러가는데, 나만 어떤 순간에 멈춰 버린 듯한 느낌이다. 일종의 마비 상태 같다. 바람에 흔들리는 나뭇가지마저 낯설게 느껴진다. 내가 성장하고 있는 걸까? 오히려 늙어 가고 있는 것처럼 느껴진다. 이 모든 걸 어떻게 감당해야 할지 모르겠다.

내가 한 일이 부끄럽다. 어젯밤 세헤르 아줌마가 수없이 많은 메시지를 보냈다. 내가 외뮈르에 대해 뭔가 알고 있으면서 일부러 말하지 않는다고 생각하는 것 같았다. 난 단지 피욘을 발견했고, 더는 감시하지 않겠다고 말했을 뿐이다. 그 말을 들은 뒤로 아줌마는 더 이상 말을 걸지 않았다.

어떻게 친구의 비밀을 그 엄마에게 팔 생각을 했을까? 정말 돈을 위해서라면 난 무슨 짓이든 할 수 있는 사람인가? 만약 피욘을 발견하지 못했다면 이 일을 몇 달이고 계속했을 것이다. 돈이 입금되는 것에 익숙해지면서 다른 엄마들을 위해서도 같은 일을 했을 거다. 결국엔 옳고 그름을 판단하지 못한 채 헤어 나올 수 없는 수렁에 빠졌겠지. 피욘을 발견한 건 잘된 일이다. 내 추한 모습을 마주하게 해 주었으니까.

어떻게 그런 앱이 합법적인 건지 도무지 이해할 수 없다. 청소년에게도 사생활 보호권이 있는데 말이다. 어떻게 이런 일이 가능한 걸까? 단지 부모라는 이유만으로 자녀의 모든 사생활을 알 권리가 있다고 생각하는 건가?

물론 그 앱 덕분에 외뮈르는 끔찍한 변태에게서 벗어날 수 있었다. 하지만 이건 다른 문제다. 그렇다고 해서 그 앱이 정당한 건 아니다.

만약 외뮈르가 엄마와 마음을 터놓을 수 있었다면 이런 식으로 감시당하지는 않았을 것이다. 결국 서로에게 솔직하지 않은 건 외뮈르가 부모와 좋은 관계를 맺지 못했기 때문 아닐까? 예를 들어, 세라의 엄마는 내가 했던 행동이 비윤리적이라고 말했다. 세라 역시 엄마 몰래 무언가를 꾸미거나 숨기는 일이 없다. 왜일까? 둘 사이에 특별한 신뢰가 쌓였기 때문일 것이다. 부모와 자녀 사이는 그게 정상이 아닐까? 만약 나에게 지금 내가 겪고 있는 걸 말할 수 있는 부모가 있었다면 이렇게까지 하지는 않았을 거다.

수많은 질문과 생각이 머릿속을 맴돌았다. 한 가지 확실한 건 사람들이 피욘에 대해 알 수 있도록 내가 할 수 있는 일을 다 해야겠다는 거다.

아직은 아무에게도, 친한 친구들에게조차 말하지 않았다. 오늘 베흐람과 커피를 마셨다. 그 애는 내가 이상하다며 무슨 일 있느냐고 물었지만 나는 베흐람조차 믿을 수 없어서 대답을 피했다.

결국 이 일은 나 혼자 해야 한다. 그리고 무엇을 하든 익명으로 해야겠다. 우선 **#엄마가어떻게알까** 채팅방에 있는 사람들에게 연락해 봐야겠다. 그러려면 딥루프에 새 계정을 만들어야 한다. 내가 알아낸 것을 공유하려면 필요할 테니까. 아빠 휴대 전화에 있는 기록들을 스크린 샷으로 찍을 수 있다면 좋을 텐데. 새 계정 아이디는 뭐라고 지을까?

어쩌면 이걸로 외뮈르에게 했던 일을 조금이나마 용서받을 수 있을지 모른다. 피욘을 알리는 일은 외뮈르뿐 아니라 내

또래 친구들의 권리를 지키는 일이기도 하다. 이렇게 생각하니 기분이 좋다. 얼굴에 색을 칠하고 전쟁에 나서는 인디언 전사가 된 기분이다.

글쓰기는 늘 나에게 좋은 영향을 준다. 생각을 명료하게 만든다. 이런 결론에 다다르다니 놀랍다.

하지만 여기에는 내 사생활과 커다란 비밀이 적혀 있으니 당장 지워야겠다. ❞

야세민(코만치6)

"야세민!"

야세민은 메르완이 집에 들어오면서 자신을 부르는 것에 익숙하지 않아 깜짝 놀랐다. 더군다나 이미 식사 시간이 늦어져 불안해하고 있던 터라 야세민은 더 긴장하며 대답했다.

"네, 아빠?"

6 아메리카 원주민 부족 중 하나. 반세기에 걸쳐 백인에게 저항했던 용맹한 부족으로 알려져 있다.

"이게 뭐냐?"

심장이 터질 듯 뛰었다. 야세민은 황급히 부엌에서 현관으로 달려가다가 메르완의 손에 들린 종잇조각을 보고 또 한 번 놀랐다. 그것은 조금 전 찢어 길바닥에 흘려 보낸 일기의 일부였다.

"그게 뭐예요?"

야세민은 태연한 척 대답했다.

"종이에 네 이름이 적혀 있잖아. 아파트 입구에서 주웠어."

메르완의 손에 들린 건 절대 들켜서는 안 되는 문장이 적힌 종잇조각이었다. '…… 내 사생활과 커다란 비밀이 적혀 있으니 당장 지워야겠다. 야세민(코만치)'이라는 문장이 선명히 보였다. 그러나 야세민은 이전에도 비슷한 일을 겪었기에 미리 준비해 둔 변명이 있었다.

"문학 시간 숙제예요. 일단 쓰긴 했는데 마음에 들지 않아서 찢어 버렸어요."

"너 말이야. 뭔가 수상한 짓 꾸미고 있는 거면 재미 없을 거야. 비밀 같은 거, 나는 절대 못 참아."

"비밀 없어요. 그냥 주제가 '비밀'이었어요."

야세민은 재빨리 주방으로 돌아갔다. 프라이팬에서 구워지고 있던 고추가 타기 직전이었다. 하지만 메르완은 야세민을 놓아 줄 생각이 없었다. 야세민이 서둘러 프라이팬을 가스레인지에서 내려놓는 순간, 메르완의 뜨거운 입김이 야세민의 목덜미에 닿았다.

"내 말 아직 안 끝났어!"

화가 난 메르완이 등 뒤에서 씩씩대며 말했다.

야세민은 프라이팬을 싱크대 위에 내려놓았다. 온몸이 덜덜 떨렸다. 그때 메르완의 손이 천천히 다가와 뱀처럼 미끄러지더니 야세민의 턱을 거칠게 움켜잡았다.

"내 등 뒤에서 뭘 꾸미기라도 해 봐!"

메르완은 야세민의 입을 억지로 벌리고 구겨진 종잇조각을 입 안에 쑤셔 넣었다.

"이 종이처럼 널 뭉개 버릴 거야."

메르완은 딸의 턱을 더 세게 움켜쥐었다가 놓아주었다.

야세민은 그가 부엌을 나가자마자 토하듯 종이를 바닥에 뱉어 냈다.

'증오해! 난 당신을 증오해, 증오해!'

야세민은 이를 악문 채 속으로 같은 말을 되뇌었다. 떨리는 손으로 프라이팬을 다시 불 위에 올리고, 잘게 썬 토마토를 쏟아 넣었다. 그러고는 아무 일 없었다는 듯 접시에 담아 식탁에 내놓았다. 메르완은 게걸스럽게 음식을 먹어 치웠다.

야세민은 계단실로 나가 아래를 내려다보았다. 소년의 매트리스가 보였다. 여기저기 흩어진 물건들은 자신의 처지와 다르지 않은 절망의 흔적이었다. 저런 곳에서 잠든다는 건 어떤 느낌일까? 무엇이 부모를 이토록 잔인하게 만드는 걸까? 이해해 보려 했지만 도무지 답을 찾을 수 없었다. 다만, 딥루프에 만들 새 계정의 이름만은 떠올릴 수 있었다.

피요니프샤Pawnexposure[7].

그날 밤, 이상하게도 야세민의 마음은 고요했다. 지금까지 자신을 옥죄던 두려움이 풍선처럼 펑 하고 터져 버린 느낌이었다. 종이가 입에 구겨 넣어졌던 폭력도, 가만두지 않겠다는 협박도 공중으로 사라진 것 같았다. 메르완이 잠든 걸 확인한 뒤, 야세민은 다시 조용히 그의 휴대 전화를 가져왔다. 이번에는 긴장하지도 않았다. 마치 자신의 휴대 전화인 양 자연스러웠다. 야세민은 피욘을 열고 세부 정보까지 꼼꼼히 스크린숏으로 찍은 다음 자신의 휴대 전화로 전송했다.

다시 휴대 전화를 메르완의 방에 갖다 놓으면서 야세민은 아무것도 모른 채 쿨쿨 자고 있는 남자를 바라보았다. 마치 아무런 관계도 없는 낯선 사람을 보듯이.

7 '피요니프샤Piyonifş'는 '피욘Piyon(폰pawn)'과 '이프샤ifş(폭로exposure)'를 결합해 작가가 만든 조합어로 '피욘 서비스의 폭로'라는 의미를 지닌다.

9

고등학교에 입학해 처음 학교 도서관에 방문했을 때 야세민은 몹시 놀랐었다. 오렌지 구역의 낡고 허름한 도서관엔 기껏해야 백 권 남짓의 책이 있을 뿐이지만, 이곳은 마치 영화 속에나 나오는 공간 같았다. 높은 천장에 매달린 화려한 샹들리에, 스테인드글라스로 장식된 기다란 창문, 그리고 상상조차 해 본 적 없는 수많은 책들. 도서관은 단번에 야세민을 사로잡았다.

그러나 지금은 책 따위에 신경 쓸 때가 아니었다. 야세민은 컴퓨터가 놓인 자리에 앉아 딥루프 홈페이지에 접속했다. 아이디 '피요니프샤'로 새 계정을 만든 뒤, 아빠 휴대 전화에서 빼내온 스크린숏을 첨부해 피욘 앱에 관한 글을 작성했다. 하지만 곧 수업 예비종이 울려서 **#엄마가어떻게알까** 채팅방에는 글을 올리지 못했다.

급히 자리에서 일어나다가 야세민은 베흐람을 발견했다. 그 애는 가까운 자리에 앉아 야세민을 지켜보고 있었던 것이다. 무언가 해명을 기다리는 얼굴이었다. 야세민은 그 마음을 모르는 척 고개를 갸웃했다. 베흐람은 침착하게 일어났고, 둘은 함께 도서관을 빠져나왔다.

"야세민, 무슨 일이야? 너 정말 수상해."

"아무 일도 아니야."

"나랑 더 이상 이야기하고 싶지 않다면, 그렇다고 말해."

그 순간 야세민은 자신이 거리를 둔 탓에 베흐람이 상처받았다는 걸 깨달았다. 베흐람은 야세민을 이해하려고 애쓰고 있었다. 솔직히 말해, 야세민은 베흐람을 나쁘거나 신뢰할 수 없다고 생각하지 않았다. 다시 베흐람에게 친밀감을 느꼈지만 누구에게도 말하지 않겠다는 결심에는 변함이 없었다.

야세민은 다정하게 미소 지으며 말했다.

"정말로 너랑은 상관없는 일이야. 그냥 내가 해결해야 할 일들이 있어. 사적인 거야."

"좋아. 내가 싫은 게 아니라면 토요일에 홀로 카페에 같이 가자. 새로 생긴 곳인데, 너에게 보여 주고 싶어."

베흐람은 들뜬 목소리로 말했다.

베흐람이 말한 곳은 외뛰르와 함께 갔던 홀로 카페였다. 거긴 자신 같은 이민자는 못 들어간다고 야세민은 말하고 싶었지만, 끝내 입을 다물었다.

"거절하지 마! 2시에 거기서 만나자."

수업 시작종이 울려서 두 사람은 서둘러 교실에 들어섰다. 선생님은 이미 수업을 준비하고 있었다. 문이 열리자마자 반 아이들이 "오오!" 하며 부러움이 섞인 야유를 보냈다. 야세민과 베흐람의 얼굴이 붉어지자 선생님은 굳이 야단치지 않고 넘어갔다.

책상에 앉자 야세민은 정신이 산만해졌다. 베흐람을 만나고 싶은 마음은 분명했지만, 자신이 저지른 일은 결코 털어놓고 싶지 않았다. 이대로는 안 된다는 생각이 머릿속을 떠나지 않았다. 아무리 생각해도 자신은 베흐람과 어울리지 않는 사람 같았다.

그날 하루, 야세민은 피욘을 생각할 여력이 없었다. 수업 내내 베흐람에게 진실을 말하려고 용기를 냈지만, 막상 쉬는 시간이 되면 매번 말이 목구멍까지 차올랐다가 삼켜졌다. 그리고 마침내 방과 후 야세민은 깊은 숨은 들이쉬고 베흐람에게 다가갔다.

베흐람은 야세민의 얼굴과 목소리만으로 자신이 기대하는 이야기가 아니라는 걸 알아챘고, 제발 그것이 약속을 취소하는 정도이길 마음속으로 바랐다.

둘은 학교에서 두 블록 떨어진 숲을 향해 말없이 걸었다. 주변엔 아무도 없었다. 벤치 하나에 나란히 앉은 후에도 야세민은 좀처럼 말을 꺼내지 못했다. 주저하는 모습만으로도 베흐람은 자신의 예감이 틀리지 않았음을 알았다.

마침내 야세민이 입을 열었을 때, 베흐람은 그 얼굴을 제대로 바라볼 수 없었다. 혹여 야세민이 눈물을 보일까 봐 걱정이 되었다.

사실 야세민도 같은 심정이었다. 최대한 간결하게 말하려고 애쓰며, 지금은 말할 수 없는 문제를 겪고 있다고만 설명했다. 그리고 베흐람과 어떤 관계도 이어 갈 수 없다고 덧붙였다. '솔직히 나도 너와 사귀고 싶어'라는 말은 간신히 삼켰다. 두 사람 모두에게 헛된 희망이 남길 바라지 않았다.

베흐람은 차분하게 대답했다.

"좋아. 네가 원한다면 그러자."

그들은 한동안 그곳에 앉아 아무렇지 않은 척, 지극히 평범한 오후를 보내는 척 사소한 이야기를 나누었다.

그리고 마침내 그들 사이에 있었던 모든 일은 숲에 남겨둔 채 각자 다른 방향으로 걸어갔다. 오렌지와 그린, 두 유령만이 서로를 껴안은 채 그곳에 남았다.

“ 내 출생지는 영원히 바뀌지 않을 것이고, 그 낙인은 평생 나를 따라다닐 것이다. 출생지, 가족, 인종, 피부색 그 어떤 것도 내가 선택한 게 아닌데, 그 이유로 소외당해야 한다는 건 참 씁쓸한 일이다.

어쩌면 베흐람에게 진실을 말할 수도 있었을 것이다. 하지만 그게 무슨 의미가 있을까. 우리가 어떤 관계도 될 수 없다고 그 애에게 말한 순간, 우리 둘 다 괜히 대화를 질질 끌고 있다는 사실에 슬퍼졌다. 이별을 마음먹고 나서 ‘어차피 마지막이 될 텐데, 시간을 조금 더 가지자’라고 생각하는 시점이 있다. 그리고 모든 말을 하고 나면 결국 침묵이 흐른다. 흔하고 진부한 표현을 빌리자면, ‘이제 진짜 끝이구나’ 하는 순간에 도달하는 것이다. 그리고 정말로 끝난다. 이별을 말해 놓고 책이나 딥루프, 시험 얘기를 아무렇지 않게 말할 수는 없는 것이다. 언젠가는 그런 평범한 이야기들을 나눌 수 있을지 모르지만, 헤어지는 순간에는 절대 불가능하다.

목이 메이고, 목소리가 간신히 나올 뿐이고, 온몸의 힘이 다 빠져나가는 기분이었다. 시간이 지나면 감정이 무뎌지겠지!

피욘

좋아하는 사람과 헤어지는 건 정말 힘든 일이다. 보지 않으면 빨리 잊을 수 있을 텐데 같은 반에서 매일 마주쳐야 하다니……. 너무 고통스럽다!

오늘은 도저히 피욘에 신경 쓸 수가 없다. 내일은 사랑의 고통에서 벗어나 다시 나의 임무로 돌아가야지. 그게 나를 위해서도 더 나을 것이다.

이제는 내가 쓴 글을 찢어 공중에 흩뿌리지 않는다. 괜히 문제를 만들 필요는 없으니까. 요즘엔 다 쓰고 난 글을 조각조각 찢어 등굣길에 다른 쓰레기통에 나눠 버린다. 우습게 들리겠지만, 누군가 그 조각들을 모아 이어 붙일 수도 있겠다는 망상마저 든다. 이런 나조차도 스파이 노릇을 했으니까.

하지만 이런 하찮고 황당한 내 인생에 과연 누가 관심을 가질까……. ”

야세민(제임스 본드[8])

8 첩보 영화의 전형 〈007 시리즈〉의 주인공. 영국 정부 소속의 최강 비밀 요원.

10

정신을 다잡고 다시 도서관에 갔을 때 야세민은 뜻밖의 일을 마주했다. 딥루프에 접속해 피요니프샤 계정에 들어간 순간, 믿기 힘든 상황과 마주한 것이다. 팔로워 수가 무려 300명에 이르렀고, 그중 두 사람은 자신들도 비슷한 일을 겪었다며 다이렉트 메시지까지 보내왔다.

야세민은 한동안 멍하니 화면을 바라봤다. 앞으로 무엇을 해야 할지 바로 떠오르지 않았다. 잠시 숨은 고른 뒤, 우선 메시지에 답장을 보냈다. 이어서 **#엄마가어떻게알까** 채널에 새 계정 링크를 공유했다. 그리고 마지막에 이렇게 적힌 게시물을 하나 더 올렸다.

부모님이 당신의 모든 비밀을 알고 있나요?
당신은 피욘당한 겁니다!

수업 시작종이 울리자 야세민은 황급히 자리를 정리하고 도서관을 나왔다. 마음이 전보다 한결 가벼워졌다. 교실로 향하며 '사생활 보호'와 '개인 정보 보호' 관련 법률을 찾아 공부해 보기로 결심했다. 모든 청소년이 자기 권리를 알게 되길 바라는 마음이었다.

야세민이 교실에 도착하자 외뮈르가 다가와 물었다.

"너 무슨 일 있어? 요즘 베흐람이랑도 안 어울리네?"

야세민은 그 이야기를 하고 싶지 않았다.

"나중에 말해 줄게."

방과 후 외뮈르는 야세민 앞을 막아섰다.

"너 며칠째 날 피하고 있어. 뭔가 있는 거 맞지?"

결국 야세민은 베흐람이 홀로 카페에 초대한 이야기부터 오렌지 구역과 그린 구역에 사는 사람들이 함께 어울릴 수 없는 현실까지, 자신의 생각과 감정을 모두 털어놓았다.

외뮈르는 단호하게 쏘아붙였다.

"지금까지 들어 본 이별의 이유 중에 이게 제일 말이 안 돼. 그런 케케묵은 생각을 왜 하니? 너 베흐람 얼굴 봤어? 완전 우울해하잖아! 너도 똑같고. 당장 가서 되돌려. 걔는 그런 속물이 아냐!"

"맞아, 베흐람은 아닐 수 있어. 하지만 그 애랑 같이 있으면 내가 자꾸 작아져. 솔직하게 말하라고? 걔가 홀로 카페에 가자고 하면 난 뭐라고 할까? "난 옷이 없어서 못 가", 이렇게 말할까? 안 돼. 알겠니? 안 된다고! 제발 이 얘긴 그만하자. 더 말하면 속만 상할 뿐이야."

외뮈르는 완전히 납득하지는 못했지만, 야세민의 생각에 동의하는 부분도 있었다.

"난 너처럼 못 했을 거야. 내 생각에 넌 진짜 강한 애야."

그 말에 야세민은 걸음을 멈추었다. 최근 며칠 사이 자신이 강해졌다는 걸 뼛속 깊이 느끼고 있었기 때문이다.

그때 외뮈르의 휴대 전화에 알림이 떴다.

"세상에! 이것 좀 봐!"

외뮈르가 휴대폰의 화면을 들여다보며 말했다. 순간, 야세민은 사레가 들릴 것만 같았다. 거기에 아침에 올린 자신의 글이 떠 있었던 것이다.

"이게 어디서 나온 거야?"

"맨시 있잖아. 그 유명한 인플루언서! 걔가 공유했어. 피요니프샤 계정에서 퍼 왔대. 봐 봐! 부모들이 그동안 피욘 앱으로 아이들을 감시하고 있었대! 야세민, 우리 엄마도 분명 그 앱을 쓰고 있을 거야. 그게 아니면 내가 그 변태를 만난다는 걸 어떻게 알았겠니? 그날 너랑 문자 주고받은 거 기억나? 바로 그때 피욘이 우리가 한 이야기를 엄마에게 고해바친 거야."

야세민은 아무 대답도 할 수 없었다. 갑자기 외뮈르가 비명을 지르듯 소리쳤다.

"어? 게시글이 삭제됐어!"

"어디 봐."

"봐 봐. 방금까지 있었는데 지금은 안 보여."

"피요니프샤 계정은? 살아 있어?"

"응, 그건 아직 있어."

야세민은 심장이 쿵 내려앉았다.

외뮈르는 눈살을 찌푸리며 중얼거렸다.

"이상하네. 왜 공유했다가 지웠을까?"

"……."

"뭐, 상관없어! 두고 봐. 내가 엄마 휴대 전화에서 증거를 찾아낼 테니까. 당분간 우리 딥루프에서 채팅하지 말자."

야세민은 맨시가 왜 그 게시물을 갑자기 지웠는지 의심스러웠다.

외뮈르와 헤어진 후 야세민은 거의 뛰다시피 집을 향해 달렸다.

자신의 컴퓨터로 피요니프샤 계정에 접속하면 들통날 거란 걸 알면서도 도저히 참을 수가 없었다.

컴퓨터를 켜고 로그인을 했다. 메시지가 수십 개 쌓여 있었고, 팔로워 수는 어느새 4,000명을 넘어서고 있었다. 잠깐 동안이지만 맨시가 게시물을 공유한 덕이었다. 들뜬 마음으로 메시지를 살펴보던 야세민은 순간 손을 멈췄다. '피욘'. 발신인 중에 피욘도 있었다.

* * *

네바는 수영장의 라운지체어에 앉아 마음을 진정시키려 애쓰고 있었다. 정원에서 정성스럽게 키운 하얀 제라늄에 물을 주고, 명상을 하고, 오래도록 수영을 했지만 아무 소용이 없었다.

창문 너머에서 티베트가 그녀를 지켜보고 있었다. 계속 흔들고 있는 발과 무표정하게 앉아 있는 모습에서 긴장이 역력히 드러났다. 티베트는 잠시 망설이다가 초콜릿 상자를 들고 그녀에게 다가갔다.

"자, 맛 좀 봐. 당신이 좋아하는 거야."

"지금은 그럴 기분이 전혀 아니야, 티베트."

네바는 차갑게 말했다. 배 속에서 풍선처럼 부풀어 오르는 긴장을 토해 낼 수 있다면 초콜릿 맛을 느낄 수 있을 것 같았다.

"우리가 예상했던 일이잖아. 대비도 해 놨고. 왜 그렇게 긴장하는 거야?"

"이렇게 빨리 일이 번질 줄은 몰랐어. 소셜 미디어가 불을 붙였지. 맨시라는 인플루언서가 그 게시물을 한동안 공유했거든. 다행히 우리 직원들이 그 사람 에이전시를 찾아가 바로 내리게 했지만, 이미 퍼질 대로 퍼진 뒤였어. 그 게시물, 슬로건도 디자인도 꽤 괜찮았다더라."

네바는 이마를 짚으며 짧게 한숨을 내쉬었다.

"경쟁사 짓일까? 티베트, 어떻게 생각해?"

"말도 안 돼. 아마추어 티가 나던데."

"당신 말이 맞아. 긴장할 거 없어. 계획대로 하자. 아이들이 좋아하는 유명 인플루언서들에게 연락해. 당장은 피욘과 관련한 포스팅을 하지 말라고 하고, 대신 청소년들이 겪을 수 있는 위험에 대해 여론을 만들라고 해! 피욘이 사실은 청소년을 보호하는 수단이라고 생각할 수 있도록 말이야. 계약서도 그 방향으로 준비해. 그 쓰레기 같은 폭로 계정에 메시지는 보냈지? 답이 왔는지 확인해 줘. 만약 상대가 10대 청소년이라면 협업을 미끼로 유인하는 게 좋겠어. 결국 모든 건 돈이야."

"걱정 마. 다 준비해 뒀어. 디지털 인플루언서 메토도 이미 접촉했어. 소문엔 어떤 민간 기업이 메토의 권리를 사서 완전히 로봇화할 예정이라던데! 우리가 선점할 수 있는지 알아볼게. 그러면 그에게도 게시물을 올리게 할 수 있어. 메토는 청소년들에게 영향력이 막강하거든."

"놀랍지도 않네. 요즘은 AI가 생각을 조종하니까. 우리가 먼저 메토랑 손잡아야겠어."

티베트가 주머니에서 휴대 전화를 꺼내 화면을 켰다. 잠시 후 그는 곧 굳은 표정으로 네바에게 휴대 전화를 내밀었다.

"이 메시지 좀 봐!"

"뭔데? 무슨 일인데?"

"피요니프샤 정체를 우리 직원들이 알아냈대."

"뭐라고? 누구라는 거야?"

"잠깐만. 먼저 읽어 볼게."

티베트는 화면을 스크롤하며 빠르게 문장을 훑었다. 눈빛이 점점 흥분으로 번졌다.

"열다섯 살 여자애래. 아버지가 피욘 유저라서 자기 컴퓨터로 로그인했다가 우리 시스템에 딱 걸린 거지."

네바가 피식 웃음을 터뜨렸다.

"그럼 됐네! 우리 손에 그 애를 상대로 쓸 수 있는 카드가 하나쯤은 있겠지!"

티베트가 따라 웃으며 고개를 끄덕였다.

"그 정도가 아니야! 이 애 말이지, 우리보다 더 나쁜 서비스를 하고 있었어."

"그게 무슨 뜻이야?"

"가장 친한 친구의 비밀을 엄마에게 팔아넘기고 있었어."

"세상에!"

네바는 감탄인지 경멸인지 모를 한숨 섞인 웃음을 내뱉었다.

"정말이야! 당신이 단어 게임에 심어 논 피욘에게 자기 비밀을 죄다 털어놨대. 멍청하긴!"

"상상도 못 할 일이네. 이제야 마음이 놓인다. 그렇다면 말이지…… 그 애, 분명 우리와 함께 일하고 싶어 할 거야. 어쩌면 애초부터 우리와 접점을 만들려고 이 일을 꾸민 걸지도 모르지. 이제 답장만 기다리면 되겠네."

"아, 그리고 말인데…… 그 아이, 이민자래."

티베트가 무심하게 덧붙였다.

"놀랄 일도 아니네."

네바가 코웃음을 쳤다. 그러다 문득 티베트를 흘겨보았다.

"그런데 당신, 전에는 왜 우리 재단이 이민자 아이들을 돕지 않느냐고 나한테 따졌었잖아."

"그랬지. 만약 우리가 그 아이를 지원했다면 이런 일은 벌어지지 않았을지도 몰라. 먹고살 만했다면 굳이 이런 위험한 일을 왜 하겠어?"

네바는 눈을 가늘게 뜨며 차갑게 말했다.

"당신은 그 애들을 몰라. 나한테 케케묵은 옛날이야기까지 꺼내게 할 참이야?"

"알았어, 네바루쉬. 옛날이야기는 됐고, 우리 수영이나 할까?"

네바는 자리에서 일어나 목욕가운을 벗어 던지고 물속으로 뛰어들었다. 야세민이 무엇을 준비하는지 전혀 알지 못한 채, 그녀는 모든 문제가 해결되었다고 생각했다.

"

이제 그들은 내가 누군지 안다. 아빠가 피욘에게 허락했기 때문에 이름뿐 아니라 나에 관한 거의 모든 정보를 쥐고 있다. 집 주소, 학교, 성적, 베흐람과의 일, 내가 좋아하는 음식, 마지막으로 읽은 책까지. 내가 매드해터를 의심한 건 옳았다. 매드해터에게 말했기 때문에 그들이 모든 걸 알아낸 거다. 매드해터는 바로 그들의 AI 앱이었다. 빌어먹을! 그들이 모르는 건 이것뿐이다. 내 머릿속에 있는 생각과 내가 종이에 쓴 글.

수천 명의 부모들이 자기 아이들의 개인 정보를 양복 입은 깡패들에게 팔아넘기고 있다. 난 물러서지 않을 거다. 그들이 어떤 제안을 하든 절대 받아들이지 않을 것이다. 그리고 이 일을 모두가 알도록 내가 할 수 있는 건 끝까지 다할 것이다.

이상하다. 방금 그들에게 단지 "거절할게요"라고 말했을 뿐인데, 이렇게 속이 시원하다니! 그들에게 보여 줘야지. 돈으로 세상을 다 살 수 있을지 몰라도 나만큼은 살 수 없다는 걸!

방금 한심하기 짝이 없는 딥루프 인플루언서 두 명이 자신들의 SNS에 다큐멘터리를 공개했다. 제목은 '덫에 걸린 청소년'이다. 얼핏 보면 청소년들이 겪는 위험을 경고하는 영상이라고 생각되지만, 분명히 피욘을 만든 자들이 제작한 거다. 100% 확신한다. 그들은 인플루언서에게 돈을 퍼 주고 위험만 부각시켜서 피욘의 불법성을 덮으려는 거다. 뻔한 수작이다.

청소년이 그렇게 걱정된다면 차라리 모든 어른의 하루 24시간을 감시하면 되지 않을까? 그린 구역에서 하듯이 말이다. 전화는 전부 도청하고, 채팅도 추적하고. 보안을 위한 거라는데, 아무도 문제 삼지 않겠지!

이 아이디어, 꽤 마음에 든다. 이걸 주제로 영상을 만들어야겠다. 피오니프샤 계정의 팔로워가 믿기 힘들 만큼 빠르게 늘고 있다. 특히 부모가 피욘 사용자라서 감시를 당한 아이들이 나를 지지한다. 그들은 내 얼굴도, 내 이름도 모른다. 하지만 나를 믿고 있다. 물론 피욘은 어떤 방식으로든 내 정체를 폭로하려 하겠지. 그때를 대비해야 한다.

그건 그렇고, 또 하나 놀라운 일이 있었다. 거의 잊을 뻔했다. 팔로워가 늘어나자 딥루프 쪽에서 계좌 번호를 물어 왔다. 돈을 지불하겠다는 것이다. 이건 명예롭게 버는 돈이니까 받을 거다. 물론 피욘이 제안한 돈에 비하면 턱없이 적지만.

내가 피욘 측의 제안을 거절하자, 선심 쓰는 척 이런 말을 덧붙였다.

(…) 피욘이 네 아버지에게 전달할 보고서를 확인했어.
네 비밀은 폭로하지 않을게.

사탕발림 같은 협박! 무슨 말을 해도 난 절대 그들에게 속지 않을 것이다.

다음 게시물을 올리면 진짜 반전이 시작될 거다. 가장 큰 문제는 아빠를 어떻게 다루느냐다. 아빠의 휴대 전화를 살짝 망가뜨려 버릴까. 흐흐, 이런 생각을 하자 나도 모르게 웃음이 난다. 아빠가 새 휴대 전화 살 돈을 마련할 때까진 난 무사할 테니까.

이제 새로운 영상을 만들기 위해 소매를 걷어붙일 시간이다! ”

(그냥) 야세민

11

메르완은 무거운 발걸음으로 현관문을 열고 들어왔다. 재킷을 벗어 옷걸이에 던졌는데, 제대로 걸리지 않고 바닥에 떨어졌다.

경멸의 시선으로 아빠를 바라보던 야세민이 분노를 억누르며 말했다.

"집에 먹을 게 없다고 했잖아요!"

"누가 모른다고 했냐? 은행에 문제가 생겨서 돈을 못 찾았어. 어쩌라고? 출금기를 부술까? 돈이 없는데, 슈퍼에 가면 먹을 걸 그냥 주냐?"

"다른 은행 지점에라도 가 봤어야죠."

"갔지! 거기도 마찬가지야."

야세민은 답답한 마음에 심호흡을 하고 물었다.

"그럼 오늘은 뭘 먹을까요?"

"달걀 요리해."

"없어요. 달걀도, 빵도, 밀가루도, 렌틸콩도, 양파도 없어요. 아무것도 없다는 말이, 아빠 귀엔 그냥 투정처럼 들려요? 잔소리 듣기 싫어서 있는 걸 박박 긁어 끼니를 때운다고요. 그게 이해 안 돼요?"

메르완은 당황했다. 고분고분하던 야세민이 반란의 깃발을 든 것이다. 그는 주머니를 거칠게 뒤졌다. 나온 건 기껏해야 빵 한 덩어리를 살 수 있는 돈뿐이었다. 부끄러움이 스쳤지만, 그는 늘 하던 대로 손에 든 동전을 바닥에 내던졌다.

"이걸로 살 수 있으면 사 봐!"

이어 은행 카드를 집어 던졌다.

"기계가 돈을 안 내준다고 말했잖아!"

그는 야세민의 눈빛을 보았다. 분노로 이글거리는 눈이었다. 야세민은 울며 도망치지도, 한 발짝 물러서지도 않았다. 야세민은 더 이상 그를 무서워하는 어린애가 아니었다.

"저녁 한 끼 굶는다고 안 죽어."

메르완은 체념하듯 낮게 중얼거리고는 거실 소파에 몸을 던졌다. 그는 열쇠와 휴대 전화를 탁자에 내려놓고 의자에 몸을 쭉

뻗으며 누웠다.

방으로 돌아온 야세민은 가방을 열었다. 손에 잡히는 건 몇 봉지 남은 크래커가 전부였다. 언젠가 이런 날이 올 줄 알고 숨겨 둔 비상식량이었다. 메르완과의 다툼은 더 이상 생각할 가치조차 없었다. 부모로서 최소한의 의무조차 하지 않는 이를 두려워할 이유는 없었다.

야세민은 컴퓨터를 켰다. 영상을 만들기 전 딥루프에 접속했다. 순식간에 글들이 쏟아졌다.

"카잔 은행 인출 불가!"

"돈이 다 묶였어!"

"누가 해킹한 거야?"

카잔 은행 측은 대규모 사이버 공격을 받았다고 발표했다. 고객 피해를 막겠다고 사과했지만, 당분간 서비스는 중단된다는 공지뿐이었다.

"보안이 철저한 은행마저 해킹당하면 우리는 끝장이야."

야세민은 혼잣말처럼 중얼거렸다. 은행 시스템이 복구될 때까지 냉장고가 텅 비어 있을 걸 생각하니 막막했다. 그러나 자신이 할 수 있는 일은 아무것도 없었다.

야세민은 머릿속으로 구상해 둔 영상을 완성하기 위해 자료를 모았다. 몇 차례 문장을 쓰고 지우는 과정을 거쳐 마침내 슬로

건을 완성했다.

경찰의 감시를 받으면 여러분은 안전합니다.
당신의 컴퓨터, 휴대 전화, 심지어 집까지도
저희가 감시하겠습니다.
최상의 안전을 위한 24시간 보안 감시 시스템!

영상은 공익 광고처럼 시작했지만, 곧 자극적인 이미지가 겹쳐지며 불안감을 키웠다. 그리고 마지막 장면에서 피욘을 떠올리게 하는 문구가 등장했다. 그것은 곧 이 시스템의 부당함을 정면으로 고발하는 메시지였다.

감시를 원하지 않는다고요?
그렇다면 자녀도 감시하지 마세요.
아이의 소중한 정보를 다른 이에게 팔지 마세요!

야세민은 꽤 인상적인 영상이 만들어졌다고 생각했다. 피욘에 접속했을 때 보이는 화면을 추가로 영상에 삽입하고 싶었다. 그러려면 메르완의 휴대 전화가 필요했다. 야세민은 조용히 거실로 나가 보았다. 메르완은 깊게 잠들어 있었고, 코 고는 소리가 낮게 울렸다. 야세민은 테이블 위에 놓인 메르완의 휴대 전화를 집어 들었다. 처음의 스릴과 긴장감은 이제 더 이상 없었다.

야세민은 방으로 돌아와 모든 탭을 빠르게 복사했다. 특히 피욘 서비스 가입 질문 중 **'자녀의 어떤 정보에 접근하고 싶으십니까?'**라는 문항을 집중해서 캡처했다. 답변 항목은 학교 성적, 정서적 관계, 식습관부터 즐겨 찾는 인터넷 웹사이트에 이르기까지 광범위했다. 부모들은 참으로 자녀들에 대해 속속들이 알고 싶어 했다. 야세민은 이 페이지를 영상의 마지막에 반드시 넣겠다고 결심했다.

작업을 마친 뒤 휴대 전화를 다시 제자리에 두려다가 야세민은 생각을 바꿨다. 영상이 퍼져 나가면 피욘이 보복할지도 모른다. 그들이 약속을 깨고 메르완에게 연락할 수도 있었다.

야세민은 메르완의 휴대 전화에서 피욘을 삭제했다. 그런 다음 욕실로 가서 양동이에 물을 채웠다. 휴대 전화를 물에 한참 담갔다가 꺼내자 화면이 켜지지 않았다. 야세민은 휴대 전화를 잘 말린 후 아빠 옆에 있는 사이드 테이블에 다시 올려놓고 침착하게 방으로 돌아가 영상을 완성했다.

모든 것이 야세민의 계획대로 진행되었다. 영상은 그날 밤 수만 번 조회되었고, 새로운 팔로워들이 쏟아졌다. 딥루프 덕분에 영상은 널리 퍼져 나갔고, 심지어 다른 나라의 유저들도 관심을 보였다.

다음 날 아침, 야세민은 메르완이 투덜거리는 소리와 자기 배에서 들려오는 꼬르륵 소리에 잠에서 깼다. 메르완은 전날까지 멀쩡했던 휴대 전화에 무슨 일이 생겼는지 이해할 수 없었다. 야세민은 아빠와 마주치지 않으려 조심스럽게 움직이며 집을 나섰다.

평소보다 훨씬 이른 시각이었다. 길에는 몇몇 부랑자를 빼고는 인적이 거의 없었다. 보통 이 시간대의 오렌지 구역은 늘 비어 있었다. 그린 구역과의 경계에 다다른 뒤에야 사람들의 모습이 하나둘 보이기 시작했다.

외뷔르는 이제 막 잠에서 깼을 시간이라, 야세민은 친구를 기다리지 않고 곧장 학교로 향했다.

그린 구역에 들어서기 직전, 야세민은 검은색 차 한 대가 자신을 뒤따라오고 있음을 눈치챘다. 심장이 두근거렸고, 발걸음은 점점 빨라졌다. 위험을 피하려면 감시 카메라가 작동하는 그린 구역 안으로 들어서야 했다. 그러나 차는 갑자기 속도를 높여 달리더니 야세민의 앞을 막아섰다.

뒷좌석 창문이 서서히 내려가며 한 여자의 얼굴이 나타났다. 빨간 곱슬머리를 흔들며 미소 짓는 네바였다.

“야세민, 겁내지 마. 그냥 얘기하러 온 거야.”

네바가 차에서 내리며 다가왔다. 빨간 재킷에 청바지, 하이힐 차림의 그녀는 세련되고 눈에 띄었다. 야세민은 겁에 질리면서도 동시에 그 아름다움에 놀라 눈길을 떼지 못했다.

"누구세요? 당신이 피욘이에요?"

네바는 미소 지으며 대답했다.

"내 이름은 네바야. 그래, 내가 피욘을 만들었어. 난 너와 협상하고 싶어. 우리 직원이 너를 짜증 나게 했지? 내가 대신 사과할게. 네가 친구를 감시했다며 나쁜 선입견을 가진 모양이더라."

야세민은 심장이 조여들고 말문이 막혔다.

"나랑 같이 간단히 아침 먹으러 가자. 이야기 좀 하면서."

"전 학교 가는 길인데요."

"알아, 오래 걸리지 않아. 지각하지 않게 할게."

네바는 손가락으로 길 건너편, 그린 구역 입구 근처의 카페를 가리켰다.

"어차피 가는 길이잖아. 저기, 내가 좋아하는 오믈렛을 팔아. 너도 분명 좋아할 거야. 30분이면 충분해."

배가 고프지 않았다면 야세민은 네바의 제안을 단호히 거절했을 것이다. 아니다, 사실 배고픔 때문만은 아니었다. 인정하기 싫었지만 야세민은 첫눈에 네바에게 끌렸다. 그녀의 말을 더 듣고 싶었다. 다만 네바의 차에 타는 건 꺼려져서 걸어가기를 제안했다. 하지만 네바는 오렌지 구역을 조금이라도 걷는 게 두려워서 하이힐 핑계를 댔다. 결국 두 사람은 카페에서 만나기로 하고 일단 헤어졌다.

야세민이 카페에 도착했을 때, 네바는 주문을 마친 상태였다. 문 안쪽에서 기다리던 로보가드roboguard가 야세민에게 인사를 하고 자리를 안내했다. 카페는 오렌지 구역과 맞닿아 있어서인지 보안이 특히 엄격했다. 네바가 없었다면, 이런 곳은 문턱조차 밟지 못한다는 사실을 야세민은 잘 알고 있었다. 얼마 전 홀로 카페에서 겪었던 경험이 떠올랐지만, 로보서버roboserver의 정중한 태도 덕분에 불쾌했던 기억은 잠시 잊을 수 있었다.

야세민은 주변을 살폈다. 이토록 우아하고 세련되게 꾸며진 공간에 들어온 건 처음이었다. 실내는 주황색과 검은색, 흰색이 어우러져 강렬하면서도 절제된 분위기였다. 무엇보다 야세민을 놀라게 한 건 유리창이었다. 밖에서는 안이 전혀 보이지 않는데, 안에서는 거리가 훤히 내다보였다.

네바는 창가 테이블에 앉아 환하게 미소를 지으며 야세민을 맞았다.

“창이 없는 것 같아요. 야외 테이블에 앉아 있는 기분이에요.”

야세민이 감탄을 감추지 못하고 말했다.

“응, 여긴 좀 기이한 곳이지. 이름을 아니?”

"'란즈' 아닌가요?"

"아니, '오란즈'야. 란즈처럼 읽히지? 로고 맨 앞 글자 'O'가 오렌지 그림처럼 보일 테니까. 오란즈가 무슨 뜻일 것 같아?"

"오렌지겠죠. 그걸 내가 모르겠어요?"

"응, 미안. 맞아, 오렌지 구역이 내다보인다는 말장난이지."

야세민은 시선을 돌려 낡은 건물들이 빽빽하게 들어선 거리를 바라보았다.

"오렌지 구역에 뭐 볼 게 있다고요?"

야세민은 회의적인 목소리로 말했다.

"밤이 되면 저 거리에서 별의별 일들이 다 벌어지거든. 손님들은 여기서 유리창 너머로 그걸 지켜보는 거지. 마치 영화 관람하듯이."

"그걸 왜 봐요?"

야세민이 물었다. 목소리에는 분명한 경멸이 담겨 있었다.

"그린 구역에서는 절대 볼 수 없는 일이니까. 오렌지 구역은 무슨 일이 일어나도 경찰이 나서지 않잖아. 강도짓이나 총격전을 생중계로 보려고 엄청난 돈을 지불하는 사람들이 있어. 그들은 이미 세상의 온갖 경험을 다 해 본 사람들이라 웬만한 일에는 흥미를 느끼지 못해. 다 그저 그렇고 일상이 지겨운 거야. 아무 일도 일어나지 않는 밤에는 카페 주인이 오렌지 구역 사람들에게 몇

푼을 쥐여 주기도 한다더라. 사건을 만들라고 말이야."

"참 나! 내가 들어 본 얘기 중 제일 터무니없네요. 하긴 우리도 가끔 그린 구역 사람들의 하이브리드 파티를 엿보곤 해요. 정말 괴상해요."

"흠…… 너 하이브리드 파티 좋아하니?"

"뭐, 좋아한다기보다는 흥미롭긴 하죠."

"우리 집에서 하이브리드 파티 자주 여는데, 언제 한번 올래? 내가 초대할게."

야세민은 문득 자신이 왜 여기 앉아 있는지 정신이 번쩍 들었다. 네바가 사탕발림 같은 말로 자신을 기만하려 한다는 걸 깨달은 것이다.

"나는 당신과 같은 세계 사람이 아니에요. 초대하고 받고 할 만한 친구도 아니고요. 앞으로도 지금처럼 멀리서 서로를 구경하는 게 딱이죠. 자, 이제 말해요. 왜 절 만나러 온 거죠?"

이때 로보서버가 다가와 근사한 아침 식탁을 차려놓았다.

"내가 널 미행한다는 걸 알았을 때 무슨 생각을 했니? 내 차를 눈치챘을 때."

"도망치려고 했어요."

"그린 구역으로? 거긴 경찰이 감시하는 곳이니까? '**경찰의 감시를 받으면 여러분은 안전합니다. 당신의 컴퓨터, 휴대 전화, 심**

지어 집까지도 저희가 감시하겠습니다. 최상의 안전을 위한 24시간 보안 감시 시스템!', 이런 거 말이야?"

"주제에서 벗어나지 마세요. 당신이 이렇게 미행당하면 기분이 어떨 것 같아요? 당신은 내 정보를 다 쥐고 있지만, 난 당신에 대해 아무것도 몰라요."

네바의 눈빛이 잠시 흔들렸다.

"장담하건대, 이미 내 삶도 다 헤집어지고 있을 거야. 내가 피욘 프로젝트를 만든 이유도 그 때문이지. 누군가 내 남편인 척 다가와 내 시스템을 해킹했어. 그때 난 완전히 무방비로 당했다고."

"그건 불법이었고, 당신은 그걸 막을 힘이 있었잖아요. 그런데도 당신은 똑같이 불법을 저질렀어요. 부모들에게 우리 정보를 팔아넘긴 거죠. 결국 우릴 해킹한 건 당신이에요. 우리는 아무것도 모른 채 당하고 있었던 거예요. 난 이걸 보고만 있을 수 없어요!"

네바는 말없이 야세민을 바라보았다. 어쩌면 자신의 딸 필리즈 바하르도 야세민처럼 똑똑하고 당찬 소녀로 자라지 않았을까. 그런 생각이 스쳐 가자 네바는 새삼 놀랐다. 아직도 딸을 포기하지 못한 것이다. 그 아이가 어딘가에 살아 있을지 모른다는 믿음이 불쑥 되살아났다. 야세민에 대한 측은함과 놀라움이 뒤섞여 올라왔다. 이 어린 학생 때문에 자신이 겁을 먹고, 오렌지 구역까지 찾아온 사실을 인정할 수밖에 없었다.

"얘야, 야세민. 네 눈에는 내가 괴물로 보일지도 모르겠다. 하지만 나는 피욘에 막대한 투자를 받았어. 그건 네가 이 일을 쉽게 무너뜨릴 수 없다는 뜻이야. 그래서 널 찾아온 거야. 문제를 더 크게 만들지 말자."

사실 네바는 더 많은 말을 준비하고 있었다. 하지만 지금은 분위기를 누그러뜨리고 타협의 여지를 남기는 편이 낫다고 생각했다. 그러나 야세민이 그녀의 말을 끊었다.

"당신이 얼마의 투자를 받았든 저와는 털끝만큼도 상관없어요. 그 앱은 불법이에요. 저는 피욘을 없애기 위해 끝까지 싸울 거예요!"

야세민의 도발적인 선언에 네바의 얼굴에서 미소가 사라졌다. 방금 전까지 느꼈던 호의도 흔적 없이 거둬졌다. 그녀는 야세민 쪽으로 몸을 기울이며 단호한 목소리로 말했다.

"지금 당장 멈춰. 넌 우리 이미지를 더럽히고 있어. 계속한다면 우리도 가만있지 않을 거야. 네가 친구를 배신했다는 사실이 세상에 알려지면 어떨까? 네가 고개를 들고 다닐 수 있을까? 우리는 결코 다정하지 않아. 지금 우릴 지지하는 사람이 없어 보이지? 하지만 너 같은 이민자를 적대시하는 사람들은 곧장 우리 편에 서게 될 거야."

야세민은 얼어붙었다. 손에 쥔 포크와 포크 끝에 달린 치즈를 번갈아 바라보다가 시선을 거두었다. 아무렇지도 않게 오믈렛을 맛있게 먹고 있는 네바가 눈에 들어왔다. 포크를 내려놓은 야세민은 자리에서 일어났다. 순간순간 어두워지는 얼굴, 금방이라도 그림자로 변할 것 같은 이 나쁜 여자에게 더는 할 말이 없었다.

"사랑스러운 야세민, 아침을 마저 먹지 그러니."

야세민은 거의 들어 본 적 없는, 어쩌면 난생처음 듣는 말이기에 귀에 쏙 박혔지만, 들은 척하지 않았다. 야세민은 한 마디도 남기지 않고 문 쪽으로 걸어갔다.

야세민의 뒷모습을 바라보며, 네바의 마음속에는 뒤엉킨 감정이 일었다. 그녀는 눈앞에 놓인 접시를 내려다보았다. 음식이 거의 그대로였다. 식욕을 잃은 네바는 계산서를 요구했다. 가능한 한 빨리 이곳을 떠나 티베트 곁으로 돌아가고 싶었다.

12

"내 안에서 뭔가 끓어오르고 있다. 너무 불안하다. 어떻게 혼자서 이 위험한 사람들을 상대할 수 있을 거라고 생각했을까? 네가 도대체 뭔데, 멍청한 야세민!

외뮈르에게 내가 한 짓이 알려지면 아무도 나를 상대하지 않을 것이다. 무엇보다도 외뮈르……. 내 인생의 유일한 친구……. 내가 무슨 짓을 한 걸까. 어떻게 그런 짓을 할 수 있었을까? 돈 때문에 친구를 팔아넘기다니! 야세민, 네가 그 네바라는 여자와 다를 게 뭐냐고! 어쩌면 그 여자 말이 다 맞을지도 모른다.

내가 한 짓을 베흐람이 알게 된다면? 그는 분명 나를 역겨워할 것이다. 인생에서 가장 가까운 사람을 감시하고 밀고한 나를 그 누구도 용서하지 않을 거다. 그 사실이 드러나는 순간, 지금까지 나를 지지하던 사람들은 모두 떠날 것이다. 아무래도 포기해야 하나.

그들의 반격은 이미 시작된 듯했다. 인플루언서들이 돈을 받은 게 분명했다. 그들은 피욘을 노골적으로 내세우진 않으면서도 은근히 자녀 보호 프로그램에 대해 우호적인 이미지를 만들고 있었다. 앱을 반대하는 사람들이야말로 무엇을 숨기고 있는 건 아닌지 의심을 심어 놓았다. '이런 앱에 반대하는 건 보통 불법을 저지르는 자들이다'라는 식의 논리로 여론을 몰아갔다.

이제 끝이다. 더는 말하지 않겠다. 글을 쓸 힘조차 없다. 손가락은 펜을 간신히 붙들고 있을 뿐이다. 계정을 지우고 모든 걸 끝내자. 원래대로 비참한 일상으로 돌아가 그대로 살아가는 수밖에.

다음 주 시험이 다가오는데, 아직 아무 준비도 못 했다. 오늘은 외즈귀르 선생님한테서 전화까지 왔다. 요즘 수업 시간에 예전 같지 않다는 말을 수학 선생님께 전해 들으셨단다. 선생님은 혹시 아빠와 또 뭔가 문제가 생긴 건 아닌지 걱정하셨다. 사실대로 말할 수는 없었다. 자꾸 캐묻길래 그냥 베흐람

얘기를 꺼냈다. 연애 문제라도 있는 것처럼 꾸며서 말한 거다. 사실 그건 지금 내가 겪고 있는 일에 비하면 아무것도 아닌데 말이다. 거짓말하고 싶진 않았지만, 그렇다고 모든 걸 털어놓을 수도 없었다. 결국 피온 얘기까지 하게 될 테니까. 그건 너무 수치스러웠다.

선생님의 조언을 들으며, 나는 이 학교에 입학하기 위해 겪었던 어려움들을 떠올렸다. 지금 같은 비참한 삶에서 벗어날 수 있는 유일한 방법은 공부뿐이다. 나는 현실로 돌아왔다.

나 자신조차 구하지 못하는데 다른 사람들의 권리와 자유를 말하다니. 주제넘은 짓이었다. 나에게도 도움이 안 된다!

”

야세민(비참한 아이)

야세민은 일기를 잘게 찢어서 작은 봉투에 욱여넣었다. 메르완이 돌아올 시간이 다가오고 있었다. 야세민은 휴대 전화를 열어 딥루프에 접속했다. 그동안 올렸던 게시물을 훑어보는 것만으로도 마음이 저려 왔다. 처음부터 끝까지 하나하나, 마치 작별인

사를 하듯 다시 읽어 내려갔다. 마음속의 작은 불씨가 어떻게 거대한 불길로 번져 자신을 집어삼켰는지 되새기면서.

그러던 중 미처 보지 못했던 한 문장이 눈에 들어왔다. 아빠의 휴대 전화 화면을 캡처한 스크린숏이었다. 피욘 앱은 굵은 글씨로 '최고 수준의 비밀 보장'을 규정하고 있었다.

자녀의 개인 정보는 AI만 접근할 수 있으며,
제 3자와는 일절 공유되지 않는다.
해당 정보는 자녀의 부모에게만 보고되며,
모든 데이터는 열람 즉시 영구적으로 삭제된다.

"거짓말이었네. AI만 접근하고, 열람 후에 모두 삭제된다고? 그럼 내가 감시자라는 걸 어떻게 알아냈겠어? 그들은 분명히 모든 정보를 들여다보고 원하는 대로 이용하고 있어. 아! 바로 이거야! 이 사실을 세상에 알리면……."

야세민은 흥분을 못 이기고 자리에서 벌떡 일어섰다.

"좋아! 당신들이 날 폭로하면 나도 당신들의 불법을 폭로할 거야!"

야세민은 휴대 전화를 내려놓고 재빨리 컴퓨터를 켰다. 이제 두려움은 흔적도 없었다. 정체가 탈로날까 전전긍긍했던 마음은 사라지고, 대신 단단한 결심이 자리 잡았다. 야세민은 다시 피욘의 민낯을 고발할 영상을 만들 준비에 몰두했다.

그사이 메르완이 돌아왔기 때문에 야세민은 밤이 깊어지고 나서야 작업을 시작할 수 있었다. 자정 무렵 마침내 야세민은 AI의 도움을 받아 '**청소년의 개인 정보가 피욘에 노출된다!**'는 제목의 동영상을 완성했다.

이번 영상은 이전보다 훨씬 자극적이었다. 화면 속 부모는 등에 피욘이라고 적힌 검은 양복을 입은 사람들이 내민 '정보 파기 동의서'에 서명하고, 환하게 웃으며 그들과 악수한다. 그러나 곧 장면이 바뀌어, 피욘 양복들이 서명한 종이를 갈기갈기 찢어 버린다. 이어서 그들은 기록 보관소에 있는 아이의 사진을 훑어보고, 메일을 들여다보고, 사적인 대화를 엿듣는다. 카메라는 피욘 양복들의 비열하고 변태적인 웃음을 클로즈업하며 불쾌한 긴장을 고조시킨다. 영상은 피욘에 대한 공개적인 도전이 될 것이 분명했다.

영상이 업로드되자마자 댓글이 달렸고 야세민은 그것을 하나하나 읽어 내려갔다. 많은 사람들이 야세민의 폭로를 지지했다. 흥분이 가라앉지 않아 침대에 누워도 좀처럼 잠을 잘 수 없었다. 결국 다시 일어나 댓글 창을 들여다보던 순간, 속보 하나가 눈에 들어왔다. 한 이민자 남성이 딥루프에서 만난 어린 소녀들을 속여 장기 밀매 조직에 넘겼다는 보도였다. 범인의 배후에는 거대한 마피아 조직이 얽혀 있었고, 그들은 오랫동안 장기를 훔쳐 팔아 온 것으로 드러났다. 충격적이었다. 곧이어 유사한 사건을 다루는 다른 기사들도 쏟아졌다. 모두 이민자 범죄 조직을 장기 매매와 연결 짓고 있었다.

야세민은 완전히 기분이 가라앉은 상태에서 휴대 전화를 내려놓았다. 눈꺼풀도 마음처럼 무겁게 내려앉았다. 하품이 연달아 나왔다. 숙제를 못 했다는 사실을 깨달았지만 기운이 없었다. 아침 일찍 일어나야겠다는 생각으로 알람을 맞추고, 그대로 깊은 잠에 빠져들었다.

＊＊＊

네바는 화를 삭이지 못한 채 집 안을 종횡무진하며 오갔다. 의자에 털썩 앉았다가 다시 벌떡 일어나기를 반복했다.

"우리 회사를 변태 집단으로 만들다니! 남자들 사이에 서 있는 빨간 머리 여자 봤어? 바로 나잖아! 남자들이 여자애 사진을 보면서 손을 비비며 낄낄대고 있어! 그 영상이 얼마나 우리를 조롱하는지 똑똑히 보라고!"

티베트는 네바의 분노에 불을 지필까 걱정스러웠지만 결국 참고 있던 말이 터져 나왔다.

“네바, 먼저 협박한 건 당신이었잖아. AI 외에는 누구도 개인 정보에 접근하지 않는다고 비밀 보장 서약까지 했어. 그런데 우리는 그 데이터를 이용해 이익을 챙겼지. 이 사실이 세상에 알려지면 무슨 일이 벌어질지 정말 몰라?”

네바는 티베트의 예상과 달리 화를 내지 않았다. 그녀도 이 모든 것을 생각했던 것이다.

“알아. 하지만…… 그때 그 애는 분명히 겁에 질려 있었어. 뒤도 안 돌아보고 걸어가는 모습만 봐도 알 수 있지. 그런데 대체 언제, 어떻게 우리의 약점을 알아낸 걸까? 이 일은 생각보다 단순하지 않아. 분명히 배후가 있어.”

“난 그렇게 생각하지 않아. 당신도 똑똑한 아이라고 했잖아. 그 수렁 같은 환경에서, 아무 지원도 없이, 그린 구역 학교에 우등으로 입학했어. 그런 애를 얕보면 안 돼. 그런 애들은 마음먹으면 뭐든 한다고. 무모하고도 거침없지. 그게 젊음이야. 우리도 이참에 신중해지자. 충동적으로 결정하지 말고.”

네바가 고개를 저었다.

“아니, 티베트. 고작 어린애 때문에 계획을 바꾸진 않아. 설령 그 애 혼자 저질렀다 해도, 사람들은 반드시 배후가 있다고 믿게 될 거야. 우린 이미 수를 뒀어.”

"무슨 수?"

네바는 딥루프 화면을 가리켰다. 거기엔 이민자들이 소셜 미디어를 통해 장기 밀매를 하고 있다는 자극적인 뉴스가 있었다.

"내일이면 인플루언서들이 이 사건을 피요니프샤와 연결시킬 거야. 알잖아. '청소년 인권을 빙자한 장기 밀매 조직'. 바로 그 프레임이지."

"너무 가혹하지 않아?"

"가혹하지. 하지만 내가 그 애 정체를 알아냈다고, 그 아이가 감시 서비스를 하고 있다고 말할 수는 없잖아. 그건 곧 우리가 비밀 유지 서약을 어겼다는 걸 드러내는 거니까."

"사법부를 통해 뭔가 할 수 있지 않을까? 변호사랑 상의해서 계정을 폐쇄하도록 해 보자."

"그건 눈티우스 텔레콤에서 이미 귀띔해 줬어. 딥루프는 우리나라 기업이 아니야. 변호사들 말로는 거긴 표현의 자유를 내세우는 다국적 플랫폼이라 우리 법원의 판결은 무시할 거래. 결과가 불확실한데 소송 따위에 시간 낭비할 순 없지. 시간은 우리 편이 아니야. 난 내 방식으로 피요니프샤를 잠재울 거야!"

"네바, 그 아이를 그냥 내버려 두자. 제발 다시 생각해 봐."

네바는 티베트의 말에 화가 치밀었다. 손이 떨렸지만, 어떻게든 감정을 억눌렀다.

"티베트, 왜 그 애를 두둔하는 거야? 설마 걔랑 뭔가 있는 거야?"

"엉뚱한 소리 마, 네바. 나는 그냥 당신이 곤경에 빠질까 봐 걱정하는 거야. 그리고 솔직히 말해서, 혼자 거대 기업과 맞서려는 그 애의 용기는 인정할 만하다고 생각해."

네바는 대답하지 않았다. 사실 마음속 한 켠에서는 티베트의 말에 공감했지만, 인정하고 싶지는 않았다. 피욘을 지키는 싸움을 앞두고 약해지고 싶지 않았다. 야세민의 영상 속 '괴물 같은 네바' 이미지가 떠올랐다. 다시 분노가 일었다. 네바는 손에 든 유리잔을 탁자에 세게 내려놓았다.

"당신이 반대해도 상관없어. 돈이 지불되면 인플루언서들이 이 일을 처리할 거야! 내 방식으로 게임을 끝내는 셈이지."

네바는 서재로 가서 이메일을 확인했다. 재단 홈페이지 개편을 위한 디자인 초안이 도착해 있었다. 링크에 접속하자, 화면에 딸의 얼굴이 나타났다.

어린 필리즈 바하르. 사진 속에서 아이는 아무 것도 모른 채 사진작가를 향해 환하게 웃고 있었다. 네바는 순간 멍해졌다. 지금쯤 소녀가 되었을 딸의 얼굴을 그려 보려 했지만, 사진 속 얼굴 말고는 아무것도 떠오르지 않았다. 12년. 그 오랜 시간 동안 다른 사진은 차마 꺼내 볼 수조차 없었다. 그 순간 어떤 두려움이 그녀를 사로잡았다. 그건 딸을 잊어 가고 있다는 두려움이었다.

네바는 망설이다가 '필리즈 바하르'라고 적힌 오래된 폴더를 열었다. 아이가 태어났을 때부터 찍어 둔 사진들이 가득했다. 딸 곁에는 늘 자이드가 있었다. 사진 속 부녀는 행복해 보였다. 그런 시간들이 정말 존재했었는지, 그녀는 의심스러운 마음이 들었다.

딸의 두 번째 생일이 다가올 무렵 자이드가 이상해지기 시작했다. 사소한 일에도 화를 내고, 한밤중에 자다가도 고함을 질렀다. 때로는 물건을 부수기도 했다. 네바는 정신과 진료를 권했지만 남편은 완강히 거부했다. 네바는 두려웠고, 그 두려움은 결국 소송으로 이어졌다. 법원은 자이드에게 접근 금지 명령을 내렸다. 하지만 판결문이 도착하기 전에 자이드는 딸을 데리고 사라져 버렸다.

네바는 가족의 경고를 무시한 걸 후회했다. 네바의 부모님은 결혼을 말렸다. 전쟁을 피해 도망쳐 온 사람은 사랑하는 사람들의 죽음을 지켜본 상처를 안고 살아가고, 그런 트라우마는 평생 감당하기 어려울 거라는 게 이유였다. 자이드와 네바는 나라에서 가장 큰 소프트웨어 회사에서 처음 만났다. 자이드는 조용하고 침착한 사람이었다. 부모님의 우려와 달리 그는 지적이고 근면했기에 상사들의 신뢰와 총애도 받았다.

네바는 몸을 뒤로 기대며 깊게 호흡했다. 그녀는 배우자를 잘못 선택한 자신을 용서하기 위해 속으로 이런 사실들을 반복하는 습관이 있었다.

그녀는 자리에서 일어나 책장 아래쪽에 있는 고리버들 바구니를 열었다. 그 안에는 필리즈 바하르의 빨간 꽃무늬 비옷이 고이 접혀 있었다. 딸을 마지막으로 본 날 아침, 딸아이가 입고 있던 옷이었다. 그날 그녀는 잠깐 아이를 바라보며 참 잘 어울린다고 생각했었다. 비옷의 무늬와 버스를 탈 때 지어 보였던 환한 표정이 또렷하게 떠오른다. 그런데 이상하게도 딸의 얼굴만큼은 끝내 기억나지 않았다.

바구니에는 진술서와 보고서, 신문 스크랩을 모아 둔 봉투도 있었다. 12년 전 그녀가 수집했던 기록들이다. 신문 기사의 사진들, 가슴을 찢어 놓던 헤드라인들 위로 그녀의 손길이 스쳤다. 기다림이 하루하루 절망으로 변해 가던 시간이 되살아났다.

아빠와 딸의 실종은 밀입국자를 실은 배의 침몰과 하나의 사건으로 신문에 실렸다. 열 명이 익사했다는 내용이었고 시신들 주변에서 발견되었다며 딸의 비옷이 사진으로 실렸다. 하지만 남편과 딸의 시신은 끝내 발견되지 않았다.

네바는 딸을 찾기 위해 모든 수단을 동원했었다. 정부와 협력해 실종 아동 검색 프로그램을 만들었고, 병원에 오는 모든 아동의

DNA를 보관하는 은밀한 DNA 은행 구축에도 앞장섰다. 그 덕분에 수많은 아이들이 부모 품으로 돌아갈 수 있었다.

네바는 지니고 있던 딸의 첫 머리카락으로 DNA를 등록했지만 지난 12년 동안 반가운 소식은 없었다.

마음의 고통이 결국 복부를 찌르는 듯한 육체적 통증으로 나타났다. 더는 견딜 수 없는 네바는 바구니를 덮고 자리에서 일어났다. 어느새 깊은 밤이었다. 그때 비서에게서 메시지가 도착했다.

(…) 피요니프샤 일을 어떻게 진행할까요?

네바는 짧게 답장을 보냈다.

내일 아침 방송에 내보내. (…)

3부

체크메이트

13

야세민은 전날 밤에 봤던 뉴스가 자신과 관련 있다는 걸 알았지만, 정확히 어떤 일이 닥칠지는 짐작할 수 없었다. 막연한 불안을 안은 채 학교에 들어섰을 때, 반 친구들이 흥분해서 떠드는 소리가 들려왔다.

"장기 밀매 마피아래! 세상에, 누가 상상이나 했겠어!"

야세민은 심장이 철렁 내려앉는 듯했다. 하지만 내색하지 않고 가방을 책상 위에 툭 올려놓았다. 그러고는 아무것도 알지 못하는 척하면서 바로 뒤에 앉은 친구들에게 물었다.

"장기 밀매 마피아? 그게 누구라는 건데?"

"피오니프샤지, 누구겠어."

"우리가 너무 순진했던 거지. 난 피오니프샤가 우리를 위해 일하는 줄 알았잖아."

외뮈르가 끼어들었다.

"그걸 어떻게 알았어?"

적어도 피오니프샤의 진짜 정체가 드러나지 않았다는 사실에 안도하며 야세민이 물었다.

"그 인플루언서 AI 로봇, 메토 있잖아? 딥루프 인플루언서. 메토가 오늘 아침에 영상을 공유했더라."

"모든 것을 그대로 믿지 마. 증거가 없잖아."

야세민의 말에 외뮈르가 냉정하게 쏘아붙였다.

"그럼 왜 숨어? 메토 말대로 불법 조직이 아니라면 정체를 밝혀야지. 뭔가 켕기는 게 있으니까 뒤에 숨어서 떠들어 대는 거야."

다른 아이들이 외뮈르의 말에 동의했다.

야세민은 친구들 무리에서 슬쩍 빠져나와, 혼자 있을 수 있는 곳을 찾아 피오니프샤 계정을 열어 보았다. 그리고 유쾌하지 않은 현실과 마주쳤다. 팔로워 수는 폭발적으로 늘었지만, 수천 개의 악플이 화면을 뒤덮고 있었다. 계정을 삭제할까 수없이 망설였다. 하지만 아직 무언가 끝나지 않은 기분이었다.

무거운 발걸음으로 교실로 향하던 야세민은 베흐람과 마주쳤다.

"너, 피오니프샤랑 무슨 관계야?"

베흐람은 낮은 목소리로 물었다. 며칠 동안 말 한마디 하지 않았고, 눈도 마주치지 않았다. 그런데 인사도 없이 가장 대답하기 어려운 질문을 던진 것이다.

"나랑 무슨 관계겠어? 왜 나한테 그런 질문을 하는 거야?"

"사실 나, 도서관에 있는 컴퓨터에서 봤어. 피오니프샤 계정이 열려 있었거든."

"잘못 본 거야."

야세민은 가던 길을 가려고 했지만 베흐람이 다시 앞을 가로막았다.

"야세민, 네가 이 일의 배후야?"

야세민은 무슨 말을 해야 할지 알 수 없었다. 너무나 오랫동안 혼자서 고군분투해 왔다. 베흐람에게 털어놓으면 모든 것이 무너질지도 몰랐다. 하지만 동시에 깨달았다. 이상하게도 이제 더 이상 오렌지 구역에 산다는 사실이 예전처럼 부끄럽지 않다는 것을.

"그래, 내가 그 계정의 주인이야."

"그럴 줄 알았어……. 야세민, 내가 도와줄게. 함께 싸우자. 혹시 이 일과 연관된 사람이 또 있어?"

베흐람이 길게 숨을 내쉬었다.

“아니, 없어. 그리고 부탁인데 아무한테도 말하지 마.”

“왜 그래야 하는데? 지금은 더 많은 지지자를 모을 때야. 네가 장기 밀매 마피아가 아니라 혼자서 싸우는 청소년이라는 걸 밝혀야 해. 사람들은 네 편에 설 거야. 지금이야말로 널 드러낼 때야.”

야세민은 고개를 저었다.

“그렇게 간단하지 않아, 베흐람. 네가 모르는 게 있어.”

“적어도 난 네가 장기 밀매 마피아가 아니란 건 알아. 그들이 널 없애려 한다는 것도 알고. 야세민, 네 뒤엔 내가 있어. 언제든 내가 필요하면…….”

베흐람이 말이 끝나기도 전에 야세민은 돌아서서 교실 쪽으로 걸었다. 잠시 멈춰 뒤돌아보고 싶었지만 차마 그럴 수 없었다. 야세민 안에는 의지하고 싶은 마음과 포기하고 싶은 두려움이 복잡하게 얽혀 있었다.

“ 나는 계속할 용기도, 포기할 힘도 없다.

이상한 말 같지만 내 현실이 딱 그렇다. 가운데에 갇혀 옴짝달싹 못하고 있다. 처음으로 돌아갈 수만 있다면……. 외뮈르 엄마의 끄나풀이 되지도 않고, 피욘의 존재도 몰랐다면…….

그러나 돌이켜 보면 피할 수 없는 일이었다. 내가 감시자 노릇을 한 것과 상관없이 아빠는 나 몰래 피욘 앱을 휴대 전화에 내려 받았을 것이고, 베흐람은 나에게 다가왔을 것이다. 그리고 우리는 분명 문자를 주고받았을 것이다. 아빠는 내가 남자를 만난다는 사실을 알게 되었을 테고, 엄청나게 광분했겠지.

베흐람은 나에게 용기를 주었다. 여기까지 애써서 끌고 왔는데 이제 포기하면 안 된다고 했다. 피오니프샤 덕분에 자기 부모도 피욘을 쓰고 있다는 걸 알게 되었다고.

베흐람은 피욘과 싸우는 방법까지 생각해 냈다. 내가 알고 있는 것을 피오니프샤 계정에 공유하고, 곧바로 내 신원을 밝히는 영상을 올리라고 했다. 그러면 베흐람이 **#나는야세민을 알아요** 캠페인을 시작해 지지를 모아 주겠다고 했다. 내가 장기 밀매 마피아가 아니라는 걸 사람들이 믿도록 말이다. 게다가 우리를 돕겠다는 유명 인플루언서 친구도 있다고 했다.

나는 베흐람을 신뢰하고 그 애가 나의 투쟁을 지지한다는 사실이 마음에 든다. 나는 베흐람에게 내가 이민자이고 오렌지 구역에 산다고 밝혔다. 돌아온 답은 "나한테는 전혀 중요하지 않아"였다. 역시 그 애는 이미 알고 있었다.

하지만 아빠와 외뮈르와 관련된 나의 걱정은 말할 수 없었다. 내가 외뮈르에게 한 일만큼은 좋게 볼 수 없을 테니까. 조만간 그 일이 밝혀지더라도 상관없다. 어차피 나는 오래 전에 베흐람과의 관계를 포기했고, 그 애를 믿고 이 일에 뛰어든 것도 아니니까.

난 가운데에 갇혀 옴짝달싹 못하고 있다. 하지만 언젠가는 내 정체가 드러날 거고 이제는 물러설 수도 없다. 어젯밤, 생각이 꼬리에 꼬리를 물어 잠을 이룰 수가 없었다. 결국 일어나서 앞으로 해야 할 일을 메모했다. 이제 사진들을 찾아 영상을 만드는 일만 남았다.

망설일 시간이 없다. 내가 잠자코 있는 사이, 장기 밀매 마피아 이야기는 더 커지고 격렬해질 것이다. 글을 쓰고 찢어 버리는, 일기 쓰기도 아닌 이 일에 시간을 허비하지 말고 지금 당장 움직여야 한다.

오늘은 토요일이다. 외뮈르와 만나기 전까지 그 애에게 고백할 말을 정리할 시간도 필요하다. 아빠도 집에 없으니 저녁까지는 방해받지 않을 거다.

그럼 어서 시작해!

”

야세민(브레이브 하트[9])

9 제1차 스코틀랜드 독립 전쟁에서 활약한 스코틀랜드 독립운동가 윌리엄 월레스의 일대기를 소재로 한 전쟁 영화.

검은 화면에 붉은 글씨로 '피요니프샤'라는 단어가 나타나고, 단호하고 자신감 있는 목소리가 말한다.

저에 대한 근거 없는 의혹이 제기되었습니다.
저는 오늘, 제 정체를 밝히고 진실을 말하기로 했습니다.
제가 시작한 이 투쟁은 청소년들의 권리와 개인 정보,
그리고 사생활을 지키려는 것이기 때문입니다.
하지만 누군가는 이 목적을 왜곡해 저를 공격하고
우리 모두를 흔들려 하고 있습니다.
저는 피욘의 방해에 굴하지 않을 것입니다.
끝까지 싸우겠습니다.
제 이름은 야세민입니다. 그리고 이것이 제 모습입니다.

교복을 입은 야세민의 여권 사진이 화면에 나타난다.

물론 이것만으로는 충분하지 않을 것이므로
여러분에게 제 모든 삶을 공개하겠습니다.

이 영상을 올린 뒤 저에게 어떤 일이 일어날지 모릅니다만,
저는 모든 위험을 감수하려고 합니다.
이 나라에 왔을 때, 저는 겨우 두 살이었습니다.

여섯 살, 초등학교에 입학할 때 찍은 야세민의 사진이 화면에 나타난다.

하지만 두 살 때의 사진을 여러분과 공유할 수는 없습니다.
전쟁을 피해 급히 피난을 해야 했고,
앨범을 챙길 수 없었으니까요.
이 나라로 이주한 뒤에도 사진을 찍을 기회는 없었습니다.
이것이 제가 가진 가장 오래된 사진입니다.
사람들은 저를 제대로 알려고 하지 않습니다.
이민자라는 이유만으로 멀리하곤 합니다.
하지만 저나 제 가족 모두 이곳, 이 땅을
원해서 선택한 것이 아닙니다.

전쟁을 피해 피난 온 가족들의 흑백 사진이 화면에 흐르기 시작한다.

저는 엄마에 대한 기억이 없습니다.

저의 어린 시절과 마찬가지로 엄마는 제 기억 속에

존재하지 않습니다. 제게 남은 단 하나의 혈육은 아빠뿐입니다.

몰래 찍은 메르완의 사진이 화면에 등장한다.

다른 친척은 없습니다. 저는 오렌지 구역에 살고 있습니다.

예전에는 그것이 부끄러웠지만, 이제는 그렇지 않았습니다.

오렌지 구역의 일부 사진이 화면에 나타났다가 사라진다.

이민자라는 이유로 홀로 카페 입장을 거부당했던

날이 있었습니다. 친구의 엄마가 항의 전화를 해

겨우 입장이 허용된 날, 아마 그때 저는 부끄러움에서

벗어난 것 같습니다. 이제 이민자라는 것도,

오렌지 구역에 사는 것도 부끄럽지 않습니다.

제가 부끄러운 것은 단 하나뿐입니다.

그것은 잠시 후에 밝히겠습니다.

저는 고등학생이고 여기가 제 학교입니다.

화면에 야세민의 학교 사진이 나타난다.

네, 저는 그린 구역에서 가장 좋은 학교에 입학했습니다.
제가 똑똑한지는 모르겠지만,
공부를 열심히 한다고는 말할 수 있습니다.
얼마 전까지만 해도 집안일과 공부 외에는
다른 쪽에 머리 쓸 일이 없었습니다. 하지만 지금은
'피욘'이라는 애플리케이션을 만든
정장 입은 사람들과 힘겹게 싸우고 있습니다.

이번에는 야세민과 외뮈르가 포옹하는 모습을 멀리서 찍은 사진이 화면에 나타난다. 외뮈르의 얼굴은 흐릿하다.

이 아이는 저와 가장 친한 친구입니다.
제 인생에서 가장 따뜻하고 친절한 사람이기도 합니다.
그런데 어느 날 이 친구의 엄마가 저를 찾아와 제안을 했습니다.
딸의 사생활을 감시해 알려 주면 돈을 주겠다고요.
저는 돈이 절박했습니다.
그래서 제안을 받아들였고, 그 돈으로 책을 샀습니다.
하지만 아주 짧은 기간 동안만 그 일을 했습니다.

그때 저는 이게 친구를 위한 일이라고 스스로를 속였습니다.
그러나 우연히 피욘을 알게 된 날,
저는 제가 얼마나 부끄러운 일을 하고 있는지 깨달았습니다.
그래서 더 이상 감시하지 않겠다고,
친구의 엄마에게 분명히 말했습니다.

화면에 피욘의 로고가 나타난다.

이것으로 제 모든 비밀을 공개했습니다.
부끄러운 실수를 저질렀지만
이제 바로잡으려고 노력하고 있습니다.
저는 자신들의 비밀을 폭로하지 말아 달라는
피욘의 제안을 거절했습니다. 심지어 피욘 앱을 만든
'네바'라는 여자가 직접 절 찾아왔습니다.
저를 '오란즈'라는 이름의 카페로 데려가
아침을 먹자고 했습니다. 이 카페는 오렌지 구역에서 벌어지는
잔혹한 행위를 은밀히 구경하는 장소라고 했습니다.
네바는 저를 협박했습니다.
제가 친구를 감시한 사실을 폭로하겠다고요.
네, 그녀는 18세 미만의 청소년을 협박했어요.

그녀의 행동은 명백한 범죄입니다.

그러나 이것이 끝이 아닙니다.

피욘은 AI만이 청소년의 정보에 접근할 수 있다는

계약 조항을 어겼습니다.

그들은 언제든 우리의 정보를 빼낼 수 있습니다!

이것이 그들의 비밀입니다!

우리의 정보는 다른 사람의 이익을 위해,

여러분과 여러분의 가족에게 불리하게 사용될 수 있습니다!

야세민의 개인 딥루프 계정 이미지가 화면에 나타난다.

저는 더 이상 제 정체를 숨기지 않겠습니다.

이로 인해 가장 친한 친구를 잃을 수도 있다는 것을 압니다.

아빠가 이 영상을 본다면 분명 저를 가만두지

않을 거라는 것도 압니다. 하지만 저는 침묵하지 않겠습니다.

저는 피욘이 어디까지 할 수 있는지 모두 알지는 못합니다.

그러나 단 한 가지는 분명히 압니다.

많은 사람이 이 진실을 알아야 한다는 것입니다.

저는 모든 것을 걸었습니다. 피욘 애플리케이션이 금지될 때까지

저의 투쟁은 멈추지 않을 것입니다.

망치가 피욘 로고를 내리친다. 로고가 부서지는 장면으로 영상이 끝난다.

＊＊＊

시계가 오후 6시를 가리켰다. 야세민은 마침내 영상을 완성했다. 하지만 '게시' 버튼 앞에서 손가락이 멈췄다. 용기가 나지 않았다. 방 안을 서성이다가 휴대 전화를 집어 들고 베흐람에게 문자를 보냈다.

동영상을 만들었어. 네 의견을 듣고 싶어.

곧바로 답장이 왔다.

지금 당장 보내. 볼게!

하지만 먼저 약속해 줘. 나를 비난하지 않겠다고.

부끄러운 일을 실토했거든.

부끄러운 일?

보고 나서 얘기해.

고통스러운 기다림의 시간이 흐른 후 베흐람으로부터 메시지가 도착했다. 야세민의 심장은 터질 듯 요동쳤다.

봤어.

…….

…… 네가 절박했다는 것을 이해해. 누구나 실수할 수 있어.

야세민은 조금 늦은 대답과 달라진 어조에서 베흐람이 놀랐고 또 실망했다는 것을 알 수 있었다.

정말 이렇게 올려도 될까?

당연하지. 그들에게 반격할 기회를 주면 안 돼.

외뮈르가 날 미워할 거야.

응…… 그래. 쉽게 용서할 것 같지는 않아.

이 모든 것을 알았는데도 넌 날 계속 지지한다는 거야?.

베흐람은 다시 한동안 침묵하다가 짧게 답을 보냈다.

그래.

야세민은 더 이상 문자를 보내지 않았다. 그리고 온 힘을 끌어 모아 자신의 계정에 동영상을 업로드했다.

곧이어 예정대로 베흐람과 그의 인플루언서 친구가 **#나는야세민을알아요** 해시태그와 함께 영상을 공유했다. 몇 분 지나지 않아 댓글과 좋아요가 쏟아졌다. 갑자기 야세민의 휴대 전화가 울렸다. 외뮈르였다. 전화를 받아야 할지 말지 망설여졌다.

바로 그때였다. 현관문이 열리는 소리가 들렸다.

"야세민!"

포효에 가까운 메르완의 목소리가 집 안을 울렸다.

야세민은 메르완이 무언가 눈치챘음을 직감했다. 휴대 전화를 망가뜨렸는데 어떻게 영상을 본 것일까. 야세민은 심장이 쿵쾅댔지만, 두려움을 억누르고 방을 나섰다.

"미쳤어? 이 빌어먹을 멍청아! 이게 뭐 하는 짓이야?"

어디서 났는지 새 휴대 전화를 흔들며 메르완이 성큼성큼 다가왔다.

"아빠는 대체 뭐 하셨는데요! 나도 하나의 인격체예요. 아빠라고 해서 피욘으로 날 감시할 권리 따윈 없어요!"

"이 영상 지금 당장 삭제해! 당장!"

"난 아무것도 지우지 않을 거예요. 이미 공유했고 다들 봤어요. 너무 늦었어요!"

메르완은 미친 사람처럼 야세민의 어깨를 움켜쥐고 벽으로 밀쳤다. 침을 튀기며 야세민을 흔들어 댔다.

"조심하라고 경고했잖아!"

아빠라는 가면이 벗겨졌다. 눈앞에는 이빨을 드러낸 괴물만 남았다. 야세민은 그 손아귀에서 몸부림쳤다. 온 힘을 짜내 간신히 벗어났다. 메르완이 손을 다시 뻗쳤지만 야세민은 그보다 빠르게 현관을 향해 내달렸다.

뒤에서 메르완이 따라붙었다. 그의 손끝이 야세민의 목덜미를 스치는 듯했다.

"너, 이리 안 와!"

메르완의 목소리가 야세민의 귀를 때렸다.

야세민은 문을 박차고 거리로 뛰쳐나왔다. 뒤도 돌아보지 않고 뛰었다. 붙잡히면 끝장이다. 창문마다 사람들이 얼굴을 내밀었다. 드론 사냥을 마치고 집으로 돌아가는 총을 든 아이들, 장바구니를 든 노동자, 검은 외투의 남자, 좁은 골목에서 수다 떠는 여자들, 자전거 가게 주인……. 모두 호기심 어린 눈으로 야세민을 구경만 할 뿐 도와주는 사람은 아무도 없었다.

야세민의 머릿속에는 단 하나의 생각뿐이었다. 그린 구역으로 가야 한다는 것. 그나마 카메라와 로봇 경찰이 있고, 어쩌면 누군가 자신을 도와주지 않을까 하는 막연한 생각에서였다.

어스름이 내려앉은 미로 같은 골목에 이르자 비로소 메르완의 발자국 소리가 들리지 않았다. 야세민은 안도의 한숨을 내쉬면서도 불안감을 떨칠 수는 없었다. 오렌지 구역은 그 어느 곳도 안전하지 않았다.

발끝이 욱신거려 내려다보니, 슬리퍼는 한쪽뿐이고 맨발에서 피가 흘러내리고 있었다. 야세민은 절뚝이며 다시 걸음을 옮겼다. 베흐람에게 전화를 걸고 싶었지만, 휴대 전화를 집에 두고 나왔다. 야세민은 중얼거렸다.

"지금쯤 내 영상 때문에 난리가 났겠지. 난 아무것도 모른 채 길을 헤매고 있네."

그린 구역에 가까워졌을 때였다. 길 반대편에 있는 카페 오란즈에서 주황색 불빛이 깜박거렸다. 해가 진 시각에 이 길을 걷는 건 처음이었다. 문득 네바가 했던 불길한 말이 뇌리를 스쳤다. 그 순간, 뒤에서 낮고 거친 오토바이 엔진 소리가 터져 나왔다.

야세민은 본능적으로 그린 구역을 향해 달렸다. 두려움이 발의 통증을 잊게 했다. 오토바이를 탄 사람의 검은색 트렌치코트 자락이 야세민을 스쳐 갔다. 오토바이는 도로 끝, 오렌지와 그린 구역의 경계, 가로등 불빛 바로 아래에서 미끄러지듯 멈춰 섰다. 오토바이를 탄 사람은 머리에 쓴 은색 헬멧 위로 형광 막대기를 높이 들고 흔들었다. 공연의 시작을 알리는 신호였다.

야세민은 몸이 굳어 도망칠 방향조차 잡지 못했다. 남자가 스로틀[10]을 비틀자 엔진이 괴성을 질렀다. 오토바이가 야세민을 향해 돌진해 왔다. 야세민은 비명을 지르며 길가 쓰레기통 사이로 몸을 날렸다. 야세민은 자신이 오란즈 카페의 무대 한가운데에 있다는 것을 깨달았다. 등 뒤에서 다시 터져 나온 엔진 소리가 어둠을 찢었다. 야세민은 검은 유리창 너머 오란즈 카페 안에서 자신을 지켜보고 있을 사람들을 상상했다.

순간 쓰레기통에서 고양이 두 마리가 튀어나갔다. 빈 깡통 하나가 요란하게 굴러떨어졌다. 동시에 오토바이 엔진 소리가 뚝 끊겼다. 오토바이가 떠난 걸까. 희망을 품는 순간, 드론 두 대가 머리 위를 가로질렀다. 야세민은 본능적으로 다시 뛰었다. 드론을 향해 두 손을 흔들며 외쳤다.

"도와주세요!"

큰길이 보이면서, 이제 살았다고 믿고 싶을 때였다. 오토바이 운전자가 다시 가속 페달을 밟았다. 엔진 굉음이 야세민의 뒤를 좇았다. 야세민은 남은 힘을 끌어올려 달렸다. 목덜미에 남자의 숨결이 닿았다. 발바닥이 갈라지고, 폐가 찢어질 듯 도망쳤지만 고통은 없었다. 오직 살고 싶다는 마음뿐이었다.

10 오토바이 핸들 손잡이에 달린 엔진 추력 조절 장치. 당기면 오토바이가 앞으로 나아간다.

그때 가로등이 환하게 불을 밝혔다. 마치 관객의 환호를 받는 배우를 비추는 것처럼 가로등 불빛이 야세민을 향해 쏟아졌다. 곧이어 은빛 헬멧의 남자가 형광 막대기를 높이 들더니, 그대로 야세민의 무릎 뒤 오금을 내리쳤다.

순간 몸이 공중에 떠올랐고, 야세민은 오렌지와 그린 구역의 경계선 위로 무참히 내던져졌다.

14

"일이 너무 커졌어."

네바가 중얼거렸다.

야세민의 동영상은 이미 전 세계로 퍼졌고 SNS에 올라온 **#청소년눈티우스보이콧** 해시태그가 하루 만에 수백만 건을 기록했다. 각 나라의 수많은 청소년들이 피욘 앱의 즉각적인 폐쇄를 요구하고 있었다.

아침 일찍부터 눈티우스 텔레콤 이사회가 긴급 소집되었고, 이사회 의장이 목소리를 높였다.

"우리 브랜드 평판이 엉망이 되었어요. 지금 당장 뭔가 조치를 취해야 합니다."

의장은 피욘 프로젝트의 막강한 지지자 중 한 명이었다.

네바는 입술을 깨물며 애써 평정을 유지했다.

"우리도 해결책을 고심하고 있습니다."

의장은 이전과 다른 냉정한 목소리로 네바의 말을 가로막았다.

"부탁인데 애쓰지 마세요. 아이들을 협박해서는 아무것도 해결되지 않습니다! 그건 오히려 불을 지르는 행위예요. 지금 필요한 건 동의와 보상입니다. 무료 인터넷, 요금 할인 같은 실질적 혜택이요. 선택의 여지가 없습니다. 이미 세상은 피욘의 존재를 알게 되었고 비밀은 사라졌습니다."

네바는 눈티우스 텔레콤이 계약을 해지하지 않기를 바랐으므로 의장의 제안을 받아들이기로 했다.

"좋아요. 저는 모든 제안에 열려 있습니다."

의장은 고개를 끄덕이며 말을 이었다.

"물론, 자녀의 사전 동의 여부에 따라 데이터 접근 권한이 달라지면 피욘의 가치가 확 떨어지겠죠. 하지만 적어도 회사의 체면은 살릴 수 있을 겁니다. 이제부터는 계약대로 데이터와 관련된 약정은 반드시 지키세요. 불시에 감사를 당할 수 있으니까요."

"네, 그에 따른 예방 조치 또한 고려하고 있으니 너무 걱정하지 마세요. 의장님도……."

네바가 밤새 준비한 계획을 종합해 설명하려던 참이었다. 갑자기 회의실 문이 열리며, 한 남자가 뛰어 들어왔다.

"재앙입니다, 재앙! 대규모 데이터 유출이 발생했습니다!"

의장이 벌떡 일어서며 외쳤다.

"무슨 데이터죠?"

"확인할 수 없습니다. 현재 데이터가 유출되는 것을 차단할 수 없습니다. 파일은 암호화돼 있고, 열면 화면이 검게 잠기면서…… 이상한 음악이 재생됩니다."

네바는 곧바로 휴대 전화를 꺼내 피욘 앱을 열었다. 앱을 실행하자 남자가 말한 그대로 음악 소리가 흘러나왔다. 이어서 화면이 바뀌었다. 숲속 장면이었다. 카메라는 나무 한 그루를 비추었고 점점 가까이 다가갔다. 화면을 꽉 채운 나무껍질 위로 네모난 격자가 서서히 떠올랐다. 체스판이었다. 곧이어 체스 말들이 하나둘 등장했다. 게임 준비가 완료되었고, 화면에 'PLAY' 버튼이 깜박였다.

"이게 뭐죠?"

"네바, 아무것도 하지 마세요."

의장이 네바에게 단호하게 주의를 주고는, 남자에게 기술 위원장을 즉시 불러오라고 명령했다.

의장은 정성스럽게 드라이한 머리를 하나로 모은 뒤 연필로 고정했다. 재킷도 벗어 의자 뒤쪽에 걸었다.

네바는 얼굴이 화끈거렸고, 손바닥에 땀이 흘렀다. 그녀도 재킷을 벗었다.

숨 막히는 정적 속에서 네바가 물었다.

"우리한테 지금 무슨 일이 벌어지고 있는 거죠?"

바로 그때 기술 위원장이 들어왔다. 다급하고도 긴장한 표정이었다. 그는 네바를 보며 말했다.

"분명 당신네 애플리케이션과 관련 있는 일일 겁니다. 지금은 검은 화면뿐이고, 플루트 소리만……."

순간 음악이 뚝 끊겼다. 화면에 한 문장이 나타났다.

주어진 시간은 끝났다.

체스판 위의 말들이 움직이기 시작했다. 킹이 몰리고, 기물이 하나씩 쓰러졌다. 그리고 마지막 문구가 번쩍였다.

CHECKMATE(체크메이트)[11]

11 체스 용어. 상대 킹이 무슨 방법을 써도 체크에서 벗어날 수 없는 '외통' 상태를 말하며 체크메이트 발생 즉시 체크메이트를 당한 쪽의 패배로 게임이 끝나게 된다.

화면이 요동치더니 뿔과 수염을 가진 악마 같은 얼굴이 튀어나왔다. 마치 화면을 찢고 뛰쳐나오는 듯한 장면에 회의실 안은 비명으로 가득 찼다.

"저건 해커 '판Pan[12]'입니다!"

기술 위원장이 떨리는 목소리로 설명하기 시작했다.

"얼마 전 카잔 은행 시스템을 마비시킨 해커 그룹입니다. 현금 인출은 멈췄고, 정부조차 손을 쓸 수 없었죠. 공식 발표는 없었지만, 그들은 원자력 관련 비밀 자금까지 흔들었습니다. 판은 단순한 해커가 아닙니다. 그들은 전 세계적으로 해킹과 데이터 유출을 조직적으로 벌이면서 자신들이 지목한 이슈를 무대 위로 끌어올리는 자들입니다."

"이 사실이 알려지면 우리는 끝장이에요. 지금 이건 해커의 협박입니다. 당분간은 어떤 발표도 해서는 안 됩니다."

네바가 말했다.

그때 문이 덜컥 열리면서 또 다른 직원이 들어왔다.

"유출된 데이터는 피욘 유저의 것으로 확인되었습니다! 가입자의 이름, 전화번호, 통화 목록까지 전부 도난당했습니다."

12 그리스 신화에 나오는 목신이다. 판의 아버지는 제우스며 어머니는 님프이다. 머리에 작은 뿔이 달린 염소와 인간을 합친 모습이다. 잠든 사람에게 악몽을 불어넣고 나그네에게 공포를 주기도 한다. 공포 상태를 의미하는 영어 단어 패닉panic은 그의 이름을 딴 것이다.

의장이 화가 나서 벌떡 일어났다.

"이제 더는 숨길 수 없어요. 관련 기관에 보고해야 합니다. 가입자 자녀들의 데이터까지 뚫렸을 가능성이 있다고요!"

회의실 안은 순식간에 아수라장이 되었다.

네바는 혼란스러웠다. 왼쪽 관자놀이의 통증을 조금이라도 줄이기 위해 꽉 묶었던 머리를 풀었다. 곱슬거리는 머리카락은 이 순간을 기다렸다는 듯 자유롭게 부풀어 올랐다. 물론 네바는 이것을 신경 쓸 기분이 아니었다. 자리에서 일어나며 네바가 말했다.

"저희 나름대로 필요한 조치를 취하겠어요. 안녕히 계세요."

주차장에 도착했을 때 네바는 숨이 막힐 것 같았다. 바로 그때 전화벨이 울렸다. 휴대 전화 화면에서 티베트의 이름을 보고는 약간이나마 긴장이 풀렸다.

"네바, 당신 지금 어디야? 아침 일찍 나갔다면서! 계속 전화했는데 왜 안 받아?"

"눈티우스 텔레콤에 불려 왔어. 나 지금 제정신이 아니야. 끔찍한 일이 터졌다고."

"내 말 먼저 들어, 네바! 집에 경찰이 와 있어. 당장 집으로 와야 해."

"경찰? 무슨 경찰?"

"그 여자애…… 야세민, 그 아이가 실종됐대. 경찰이 당신 진술을 원해. 빨리 집으로 와."

네바의 심장이 요동쳤다. 모든 것이 통제 불능 상태였다. 집으로 달려가 경찰에게 자신은 아무 관련이 없다고 말해야 한다는 생각과 동시에 오래 묻어 두었던 고통이 고개를 들었다. 딸 필리즈 바하르의 실종. 네바는 숨이 막히는 듯했다. 이번엔 진심으로 야세민이 걱정됐다.

'네바, 너와 무슨 상관이야? 문제를 일으킨 건 그 애잖아. 오히려 기뻐해야지!'

스스로를 다그쳤지만 소용없었다.

'그 애가 죽었다면 어떡하지? 나 때문에 나쁜 일이 생겼다면?'

숨이 조여 왔다.

네바는 창문을 열었다. 차는 도심의 번화가에서 꼼짝도 하지 않았다. 상점과 카페, 거리에는 사람들로 넘쳐났다. 모두들 멋지게 차려입고 있었고, 허름한 차림의 사람은 찾아볼 수 없었다.

그때였다. 네바는 로보캅이 흙투성이의 대여섯 살 된 소년 하나를 붙잡아 끌고 가는 것을 보았다. 아이는 필사적으로 몸부림쳤다. 아이의 말소리도 들렸다. 무슨 말인지 알 수 없었지만 도와달라는 절규인 것만은 분명했다. 하지만 길에 있는 누구도 아이에게 관심을 두지 않았다. 로보캅에 붙잡힌 이민자를 도와줄 사람은 아무도 없었다. 그들은 이민자가 있어야 할 곳이라고 생각되는 곳으로 아이를 데려가고 있었다. 오렌지 구역이었다.

네바는 신호 대기로 차가 멈추어 있을 때 감시 카메라 중 하나가 자신을 향하고 있다는 사실을 깨달았다. 그녀는 문득 자신이 로보캅에게 붙잡힌 아이가 된 것만 같았다. 몸부림치며 살려 달라고 외치는 범죄자.

'내가 어떻게 그런 짓을 했지? 비밀 정보에 접근하지 말았어야 했어. 그 애를 협박하지 않았어야 했는데. 정보가 이미 해커 손에 넘어갔을까? 그 아이, 무슨 일이라도 당한 건 아닐까? 아, 모르겠다. 내가 어쩌다 이렇게 됐지?'

차는 좌우에 늘어선 고층 빌딩 사이를 지나 숲길로 접어들었다. 네바는 속력을 높여 최대한 빨리 집으로 향했다.

사람들이 거실에 모여 네바를 기다리고 있었다. 경찰관 한 명, 로보캅 두 명, 티베트, 그리고 그녀의 변호사도 있었다. 네바는 그들 모두와 악수를 나누었다. 경찰관이 말했다.

"영상은 보셨죠? 당신이 그 소녀를 협박했다는 영상이요. 영상이 올라오고 바로 아이가 실종됐습니다."

네바는 숨을 고르고 차분한 목소리로 답했다.

"협박하지 않았어요. 저는 그 아이에게 함께 일하자고 말했을 뿐입니다. 우리 일은 합법적이에요. 청소년의 안전을 위한 일이죠. 아시다시피 저는 제 아이를 잃었습니다. 그 후 저는 오직 아이들을 지키는 일에 제 삶을 바쳤습니다. 우리 재단은 수천 명의 아이들을 지원해 왔어요. 같은 이유로 그 아이에게도 손을 내밀었는데, 그걸 왜곡해 받아들인 겁니다. 실종 소식은 정말 안타깝습니다. 아무 일도 없기를 바랍니다. 하루 빨리 찾았으면 좋겠어요."

네바의 변호사가 끼어들었다.

"그 아이, 관심 받는 걸 즐기는 게 분명합니다. 아마 어딘가에 숨어 화제를 모으려는 거겠죠. 단기간에 유명세를 얻고, 돈도 벌 목적으로요. 그러니까 겉으로 보이는 것과는 다르다는 얘기입니다."

경찰관이 눈썹을 치켜세우며 말했다.

"돈이 목적이라면 네바 씨의 제안을 받아들였겠죠?"

"푼돈이 아니라 큰돈을 노린 겁니다."

네바는 변호사의 억지 논리에 비웃음이 나왔지만 덧붙여 말했다.

"그 아이가 이런 터무니없는 짓을 하지 않았다면 우리는 오히려 교육을 지원했을 겁니다. 똑똑한 아이인데 안타까워요."

"하지만 네바 씨는 이주 아동을 지원하지 않잖아요? 이민자들에게는 적대적이지 않았습니까?"

"적대라니요. 단지 재단 차원에서 우선순위가 있을 뿐이에요."

"전 남편 때문인가요?"

"그건 전혀 상관없는 문제입니다!"

변호사가 서둘러 끼어들었지만, 경찰관은 못 들은 척 네바를 향해 질문을 이어 갔다.

"야세민을 마지막으로 본 건 언제였죠?"

"지난 7일이요. 등굣길에 만나 아침을 함께 먹었어요. 청소년 안전을 위해 함께하자고 제안했는데 거절당했어요."

"그 대화를 어디서 나눴습니까?"

"오란즈 카페에서요. 지각하면 안 된다고 해서 잠깐 만났어요."

"아이의 부모와 얘기하는 게 순서 아닌가요? 왜 아이하고만 만났습니까?"

"그 애 아빠가 좀 수상한 사람이에요. 아이를 곤경에 빠뜨리고 싶지 않았어요."

"하지만 그 사람에게 피윤 보고서를 보냈잖아요."

"그것은 별개의 문제입니다."

변호사가 다시 끼어들었다.

"그건 아이의 실종과는 무관합니다."

경찰관은 눈썹을 치켜세우더니 잠시 네바를 응시했다. 뭔가 더 묻고 싶어 하는 듯했지만 고개만 끄덕이고는 말했다.

"좋습니다. 마지막으로 묻겠습니다. 어젯밤 어디에 계셨습니까?"

"집에 있었습니다. 못 믿으시겠다면 CCTV 영상을 확인해 보세요."

"알겠습니다. 무슨 소식이라도 들으면 반드시 알려 주십시오."

경찰관이 일어서자 로보캅도 동시에 몸을 일으켰다.

그들을 배웅한 후 네바는 말 없이 2층으로 올라갔다. 티베트나 변호사에게 아침에 무슨 일이 있었는지 말할 힘조차 없었다. 가슴 깊은 곳의 죄책감과 두려움이 그녀를 삼키고 있었다.

* * *

경찰관은 네바에 이어 야세민의 학교 친구들, 특히 영상에서 야세민이 말한 외뮈르의 진술을 듣고 싶어 했다. 야세민의 학교를 찾아온 경찰관은 먼저 교장과 이야기를 나눈 뒤, 외뮈르를 불러 달라고 했다. 외뮈르는 자신이 교장실로 불려간 이유가 야세민과 관련이 있다고 짐작하면서도 막상 경찰을 보자 몹시 불안해했다.

"이리 오렴, 얘야."

교장이 부드럽게 손짓했다.

"야세민이 사라졌단다. 경찰관께서 몇 가지 질문을 할 거야."

"사라졌다고요?"

외뮈르의 목소리가 약간 떨렸다.

"그래, 동영상을 올린 뒤로 보이지 않는다는구나."

"관심을 끌려는 거죠. 아니면 거짓말을 해 놓고 학교에 올 낯이 없어서 숨었거나."

경찰관은 네바의 변호사에 이어 외뮈르에게서도 같은 말을 듣고 조금 놀랐다.

"거짓말이라니, 뭘 말하는 거니?"

"뭐겠어요? 저와 엄마에 관한 거요. 감시자 짓 같은 거."

"알겠다. 그런데 네 생각에, 그 애가 왜 이런 일을 벌인 것 같니?"

"피해자인 척 동정을 끌려는 거죠."

"하지만 그 아이는 너를 '나의 가장 친한 친구'라고 말하던데?"

"걔, 거짓말쟁이라고 말했잖아요."

경찰관은 눈빛을 좁히며 물었다.

"마지막으로 그 애를 본 게 언제였지?

"금요일, 학교에서요."

"영상을 보고 통화했니?"

"아니요. 제가 전화를 걸긴 했는데 받지 않았어요. 그 후로는 학교에도 안 나오더라고요."

"혹시 어디로 갔을지 짐작 가는 데는 없어?"

"정말 몰라요. 야세민은 친한 아이도 없고, 연락하는 사람도 없었거든요."

"그 애 아빠와의 관계는 어땠어? 그 애 아빠를 본 적이 있니?"

"아뇨, 못 봤어요. 근데 둘 사이가 별로 좋지 않았던 것 같아요. 아빠를 무서워했거든요."

"아빠가 폭력적이거나 위협적이라는 얘기를 들은 적은 없고?"

"모르겠어요. 그런 말은 안 했어요. 그 애 아빠가 무슨 짓을 했다고 생각하는 거예요?"

"아빠가 그 아이를 쫓는 모습이 마지막으로 목격됐단다. 우리가 아는 건 그뿐이야."

"베흐람이라면 알지도 몰라요. 불러 올까요?"

경찰관은 살짝 미소를 지으며 외뮈르를 바라보았다.

"얘야, 그 친구가 널 화나게 한 일은 알고 있어. 하지만 그 애, 어젯밤 영상을 올리고 바로 사라졌어. 혹시 알고 있거나 들은 게 있다면……."

외뮈르가 벌떡 일어섰다.

"아무것도 몰라요! 나도 그 영상을 보고서야 알았단 말이에요."

"알았다. 고맙다. 뭐라도 듣게 되면 꼭 알려 주렴."

경찰관이 침착하게 조사를 마무리했다.

"베흐람을 불러 와요?"

외뮈르가 문을 나서면서 물었다. 도움을 주려는 것보다는 이 자리를 벗어나고 싶은 마음이 간절했다. 머릿속이 뒤죽박죽이었다.

"그럴 필요 없단다."

경찰관이 말했다.

외무르가 교실로 돌아왔을 때 베흐람은 창밖만 바라보며 앉아 있었다.

"경찰이 왔어. 야세민을 찾고 있대. 혹시 아는 게 있으면 가서 말해 줘."

"경찰에 신고한 게 나야. 야세민이 영상을 올리기 전까지 문자를 주고받았거든. 그 뒤로는 땅속으로 꺼진 것처럼 흔적도 없이 사라졌어."

"그래? 그러니까 공개하기 전에 너는 그 영상을 봤다는 거네?"

"응, 봤어."

"세상 사람들이 다 알도록 나를 망신시키는 데 너도 한몫을 한 거네. 뭐 어쨌든 내가 상관할 바는 아니지. 야세민한테 지옥으로 꺼져 버리라고 전해 줘."

"그렇게 말하지 마. 야세민은 널 아주 좋아해."

"좋아한다고? 웃기지 마. 난 그 애가 다시는 나타나지 않았으면 좋겠어. 나도 영상을 만들 거야. 그래서 그 애의 거짓말을 다 폭로해 버릴 거야."

"그런 짓 하지 마. 그러면 다 망가져. 너뿐만 아니라 이 캠페인까지도."

외뮈르는 비웃듯 코웃음을 쳤다.

"캠페인? 그딴 게 나랑 무슨 상관인데! 모두가 날 놀린다고! 게다가 우리 엄마가 망신을 당했잖아!"

바로 그때 선생님이 교실에 들어와 대화가 끊겼다. 외뮈르는 야세민뿐만 아니라 베흐람을 보는 것도 참을 수가 없었다. 더 이상 예전 같을 수는 없었다. 그렇지만 한편으로는 야세민에게 나쁜 일이 일어나지 않기를 바라는 마음도 떨치기 어려웠다.

***

네바는 경찰이 떠난 뒤에도 한참 동안 방에서 나오지 않았다. 침대에 누운 채로 사건을 곱씹었다. 문을 두드리던 티베트가 대답이 없자 조심스레 들어왔다.

네바는 천장을 올려다보며 중얼거렸다.

"전에는 샹들리에 가장자리에 은빛 선이 있는 줄도 몰랐네. 이 집으로 이사 오고 낮에 누워 본 게 처음인가 봐."

티베트는 침대 옆에 앉아 그녀를 내려다보며 말했다.

"당신은 일을 너무 많이 해."

"그렇게 죽어라 일했는데, 돌아온 건 굴욕뿐이야. 세상 사람들이 날 수치스러운 인간으로 보잖아. 하지만 그보다 더 끔찍한 게 뭔지 알아? 내가 그 아이에게 재앙이 되었다는 거야!"

"당신 잘못이 아니야. 그 애는 어차피 재앙의 중심인 오렌지 구역에 살고 있잖아."

"티베트, 난 야세민 생각을 멈출 수가 없어. 죄책감 때문만은 아니야. 이건 사랑하는 사람을 잃어 본 사람만 아는 익숙한 감정이야."

"언제부터 그 아이에게 그렇게 예민했지?"

"사실 처음 봤을 때부터였어. 필리즈 바하르가 떠올랐거든."

티베트가 의아해하며 물었다.

"그런데 왜 그 아이를 협박했어? 앞뒤가 안 맞잖아."

"피욘을 지키기 위해서였지. 하지만 너무 혼란스러워. 야세민에게는 낯설지 않은 뭔가가 있어. 근데 그게 뭔지 모르겠어."

네바는 휴대 전화를 꺼내 피요니프샤의 동영상을 다시 재생했다. 화면 속 야세민, 귈레프자, 메르완의 얼굴을 훑어보다가 야세민의 초등학교 시절 사진을 스크린숏으로 찍었다. 그러고는 저장해 둔 필리즈 바하르의 사진을 불러와 나란히 놓았다.

"당신 지금 뭐 하는 거야?"

한동안 말없이 그녀를 지켜보던 티베트가 물었다.

"둘이 닮지 않았어?"

"무슨 소리를 하는 거야? 그냥 어린애일 뿐이야. 야세민은 곱슬머리잖아. 필리즈 바하르는 아니었고. 당신 점점 이상해지고 있어."

바로 그때 휴대 전화 알림음이 날카롭게 울렸다. 네바의 심장이 쿵 하고 크게 요동쳤다. 화면에는 실종 아동 검색 시스템의 긴급 메시지가 떠 있었다. DNA가 일치하는 아이가 확인되었다는 문구와 함께.

"혹시……."

네바가 떨리는 목소리로 말했다

"혹시 야세민이 내 딸일까? 정말 그럴 수 있지 않을까? 운명이 우리를 만나게 하려고 이런 장난을 친 건 아닐까? 분명 무슨 일이 생긴 거야. 방금 병원에서 연락이 왔다고!"

티베트가 그녀의 손을 잡으며 낮게 말했다.

"진정해, 네바루쉬. 전에 똑같은 일을 겪었잖아. 이 시스템이 정확하지 않을 수 있다는 거 당신이 누구보다 잘 알잖아. 오류일 수도 있어. 괜히 기대하지 마. 또 실망하게 될 거야. 영상 속에서 야세민의 아버지를 봤지? 자이드가 아니었어."

"애들은 원래 다 비슷하게 생겼다고! 그리고 자이드가 성형 수술을 받았을 수도 있잖아! 티베트, 당신도 봤지? 야세민은 아주 똑똑해! 그 아이는 그런 곳에 있을 애가 아니야. 내 딸이라고! 난 알 것 같아."

"네바, 당신을 화나게 하려는 건 아니지만 벌써 12년이나 지났어. 그동안 단 한 번도 그 아이를 검사하지 않았겠어? 시스템이 어떻게 돌아가는지 잘 알잖아. 필리즈 바하르가 살아 있다면 진작에 실종 아동 검색 시스템에 등록됐을 거야."

"등록되지 않은 병원에 갔을 수도 있지. 오렌지 구역에 그런 곳이 있는 거, 당신도 알잖아. 더 이상 듣고 싶지 않아. 그만해."

티베트는 고개를 숙였다. 네바의 얼굴은 확신으로 물들어 있었다. 더 말해 봤자 설득할 수 없다는 걸 안 티베트는 결국 입을 다물었고, 차고로 향하는 네바를 따라나섰다.

병원으로 가는 내내 네바는 야세민 이야기를 늘어놓았다.

"야세민은 너무 똑똑했어. 어른들보다 빨리 눈치를 챘잖아. 그런 용기, 필리즈에게도 있었어. 그리고 웃을 때 눈가가…… 똑같다고!"

기억의 파편들이 뒤엉켜 하나의 확신으로 굳어졌다.

"그래, 분명히 맞아. 야세민은 필리즈 바하르야. 그 아이가 틀림없어. 만약 그 아이가 아주 나쁜 상태에 있으면 어쩌지?"

티베트의 대답을 기다릴 틈도 없이 네바는 말을 쏟아냈다.

"정말 그 애라면, 그 애가 필리즈 바하르라면, 나는 가진 전부를 바칠 거야. 목숨을 걸고라도 그 애를 살려낼 거야!"

병원에 도착했을 때 네바는 정신을 잃을 것만 같았다. 접수원에게 질문할 때도, 실종 아동 검색 시스템 담당자를 따라 복도를 걸을 때도 계속 다리가 떨렸다. 모퉁이를 돌기 직전, 직원이 멈춰 서서 차분히 설명했다.

"방금 서명하신 문서로 확인하셨겠지만, 다시 설명드립니다. 아이와 보호자 앞에서는 어떠한 발언도 엄격히 금지하고 있습니다. 친자 가능성이 높을 경우, 귀하와 아이의 샘플을 다시 채취해 검증 절차를 진행하겠습니다. 이 두 번째 테스트 결과가 기준에 부합해야만 출생 기록 확인 등 후속 절차가 진행됩니다. 제가 먼저 들어가 확인한 다음 두 분이 들어오셔도 된다고 하면, 그때 입실하시면 됩니다."

네바는 모든 절차에 동의했다. 그러나 병실 문 앞에 다다르자 머릿속이 새하얘졌다. 직원의 설명도, 차분히 기다리라는 신호도, 제지하는 티베트의 손길도 그녀는 의식할 수 없었다. 네바의 시선은 오직 문손잡이에만 박혀 있었다. 네바는 주저하지 않고 병실 문을 열고 안으로 들어갔다.

침대에는 금발 머리에 파란 눈을 가진 아이가 누워 있었다. 아이의 놀란 시선 앞에서 네바의 발걸음이 얼어붙고 말았다.

"부인, 뭐 하시는 겁니까? 여긴 출입이 금지된 구역이에요. 검사 중에 이렇게 들어오시면 안 됩니다!"

의사가 다급하게 소리쳤지만 네바의 귀에는 들리지 않았다. 그녀의 온몸을 지배하는 것은 단 하나, 보이는 것을 단번에 알아차린 뇌와 여전히 작은 희망을 붙잡으려는 심장의 부딪힘이었다. 결국 남은 것은 단 한 가지 진실뿐이었다.

"그 애가 아니야. 필리즈도 아니고 야세민도 아니고……."

네바는 비틀거리며 뒤로 물러섰다. 그리고 문 앞에 서 있던 티베트에게 기대어 쓰러졌다. 그녀의 의식은 광분하고 있는 아이의 부모를 의식하지 못한 채 천천히 꺼져 갔다. 현실에서 가장 멀리 가장 안전하게 벗어날 수 있는 꿈 속으로 도망쳤다.

15

눈을 뜨자마자 야세민이 가장 먼저 떠올린 것은 자신이 죽었다는 사실이었다. 죽은 쥐와 곰팡이, 오줌이 뒤섞인 악취가 코를 찔렀다. 빛바랜 보라색 커튼 사이로 스며드는 잿빛 빛줄기가 악몽과 뒤섞여, 이곳이 지옥이라는 확신이 더욱 굳어졌다.

자리에서 일어나려는 순간, 온몸이 비명을 질렀다. 뼈마디가 쑤셨고 머리는 쪼개질 듯 아팠다. 서로 달라붙어 있는 입술을 간신히 떼어 냈다. 입안은 질척거리는 흙으로 가득 찬 듯했다. 눈이 희미한 어둠에 적응하자, 피와 진흙에 뒤덮여 있는 자신의 손이 보였다. 순간 머릿속에 오토바이를 탄 남자가 번개처럼 스쳤다. 자신이 실신한 뒤 낯선 곳에 끌려와 감금된 것일지도 모른다는 생각이 들었다.

야세민은 힘겹게 몸을 일으켰다. 침대 시트가 젖어 있었고, 몸에서는 역한 소변 냄새가 났다. 그러나 수치심은 사치였다. 온몸을 에워싸고 있는 통증에 메스꺼움이 더해졌다.

마치 수천 년 동안 이곳에 방치된 듯한 잡동사니들로 가득 찬 판지 상자가 야세민을 둘러싸고 있었다. 야세민은 조심스럽게 일어나 걸어 보려 했지만, 발바닥이 심하게 벗겨져 바닥에 닿는 순간마다 날카로운 고통이 밀려왔다. 한 짝뿐이던 슬리퍼조차 어디론가 사라지고 없었다.

야세민은 문손잡이에 손을 뻗었다. 문은 잠겨 있지 않았고 삐걱거리는 소리를 내며 열렸다. 위쪽으로 난 작은 창문에서 희미한 빛이 스며들었다. 구부러진 계단이 아래층으로 이어지고 있었다. 자신이 있는 곳은 다락방임이 분명했다.

"난나, 나 두 개를 한꺼번에 먹었어!"

아래층 어딘가에서 아이의 목소리가 튀어 올랐다. 야세민의 얼굴에 안도감이 스쳤다. 지옥에 떨어진 거라고 믿었던 마음이 희미해졌다. 무릎 통증과 발바닥의 아픔을 참으며 야세민은 계단을 조심스럽게 내려가기 시작했다.

"이것 좀 봐! 이건 바다가 준 선물이야!"

이번엔 여자아이의 목소리였다. 흥분에 찬 어린아이 특유의

톤이었다. 곧 또 다른 아이가 킥킥거리며 말했다.

"생선을 그렇게 말하다니. 난나, 너 꼭 마차처럼 말하는구나!"

"당연하지! 난 마차의 제자니까!"

난나가 당당하게 대답했다.

"그럼 마차가 죽으면 그 자리를 네가 대신할 거야?"

조금 낮고 장난기 섞인 목소리가 끼어들었다.

"그게 무슨 말이야? 게다가 마차가 왜 이유 없이 죽겠어?"

난나가 발끈했다.

"나중에 마차가 죽으면 네가 대장이 되는 게 좋을 것 같아. 그럼 적어도 우리가 드론 사냥을 못 했을 때 맞을까 봐 무서워하지 않아도 되잖아."

두 번째 아이가 속삭이듯 말했다.

잠시 정적이 흐른 뒤, 세 번째 아이가 고개를 저으며 반박했다.

"하지만 난나가 마차처럼 대장이 되면 난나 역시 마차처럼 무서워질걸!"

아랫층으로 내려온 야세민은 자기보다 덩치가 큰 세 명의 남자아이를 보았다. 그들은 소총을 움켜쥔 채 창가 옆 낡은 안락의자에 앉은 한 소녀를 둘러싸고 한창 이야기에 열을 올리고 있었다. 야세민은 그들이 누구인지 단번에 알아보았다. 거리마다 나타나 드론을 쏘고, 떨어진 조각을 챙겨 달아나던 아이들이었다.

때로는 지나가는 행인이나 발코니에 앉아 있던 사람들을 쏘기도 했지만 아무도 그들을 막지 못했다.

아이들 중 하나가 야세민을 향해 큰 소리로 외쳤다.

"좀비다!"

야세민의 심장이 얼어붙었다. 그 순간 야세민은 자신이 죽었다는 생각을 다시 한번 떠올렸다.

소녀는 야세민을 보고 피식 웃었다.

"좀비는 무슨! 그냥 사람이잖아. 피투성이가 된 사람 못 봤어?"

"난나, 저 애도 마차한테 맞은 거야?"

"아니, 마차가 그런 게 아냐. 재는 오란즈 근처에서 두들겨 맞은 거야."

소녀는 안락의자에서 몸을 일으켜 야세민에게 다가왔다.

"내 이름은 난나야. 저쪽에 가면 씻을 수 있어."

난나가 나무 문을 가리켰다.

"고마워."

야세민은 비틀거리며 욕실 쪽으로 걸어갔다. 지금은 여기가 어디고 자신이 왜 여기에 있는지 물어볼 힘이 없었다. 우선 물을 마시고, 좀 씻고 싶을 뿐이었다.

"잠깐!"

난나가 야세민의 등을 향해 외쳤다. 그러고는 청바지와 티셔

츠를 손에 쥐여 주었다.

"내 옷 줄게. 좀 크긴 하지만 그럭저럭 입을 만할 거야!"

야세민은 고마운 표정을 지어 보이고는 욕실로 들어갔다. 거울 속 얼굴이 시야에 들어왔다. 좀비라는 소리를 들었을 때 예상은 했지만 실제 모습은 훨씬 더 참혹했다. 이마에서 흘러내린 피가 진흙과 뒤엉켜 얼굴을 덮고 있었다. 야세민은 화가 났고 수치심에 얼굴이 달아올랐다. 수도꼭지에 입을 대고 벌컥벌컥 물을 들이켰다. 진흙투성이가 된 옷을 벗고 얼굴과 몸을 씻어 낸 다음 난나가 건네준 청바지와 티셔츠를 입었다. 난나는 정말 몸집이 커서 옷이 많이 컸지만 몸 전체를 감싸 준다는 느낌이 오히려 좋았다.

욕실에서 나오자 여섯 명의 아이들이 일제히 야세민을 쳐다봤다. 그사이 두 아이가 더 나타난 것이다.

난나가 느닷없이 말했다.

"와, 못 알아볼 뻔했잖아! 너, 그 피오니프샤 영상 속 애잖아?"

야세민이 깜짝 놀라며 말했다.

"너 그 영상 봤어?"

"그럼! 사방에서 널 찾고 있던데?"

"정말? 누가 날 찾아?"

"나도 정확히는 몰라. 네가 그 영상을 올린 다음 사라졌다고

SNS에서 난리야. 뉴스에도 나왔어. 피투성이여서 못 알아봤네."

야세민은 난나가 자신을 감탄하며 바라본다는 걸 알았다.

"어떻게 내가 여기 있는 거야? 네가 날 구했어?"

"아니, 쓰레기장에서 널 발견했어. 꽤 심하게 맞았더라. 의식은 없었지만 살아 있어서 마차한테 허락받고 여기로 데려왔지. 그런데 그 시간에 오란즈 거리를 지나가다니, 미쳤냐? 넌 그냥 공짜 엑스트라나 마찬가지였다고. 알아?"

"엑스트라?"

야세민이 되묻자, 난나는 피식 웃었다.

"날마다 오란즈에 오는 손님들한테 뭘 보여 줘야 하니까 돈으로 사람을 살 때도 있거든. 돈만 준다면 두들겨 맞고, 칼에 찔리고, 별의별 짓도 기꺼이 하는 사람들이 있어. 어쨌든 그 얘긴 됐고……. 거기서 넌 도대체 뭘 하고 있었던 거야?"

야세민은 자신이 겪고 있는 모든 일들을 털어놓았다. 난나는 눈을 반짝이며 호기심 가득한 표정으로 야세민의 말을 놓치지 않고 들었다.

"네가 원한다면 여기서 지내도 돼. 어젯밤 마차가 그러더라. 먹고살 일은 찾아 줄 수 있다고, 갈 데 없으면 여기 있으라고."

야세민이 난나에게 물었다.

"너희들, 드론을 사냥하는 갱단 맞지?"

난나가 어깨를 으쓱했다.

"그렇게 부를 수도 있겠지."

야세민은 난나를 바라보았다. 코와 눈은 작았다. 뚱뚱하지는 않았지만 아이인 것 치고는 몸집이 꽤 컸다.

"난나, 네 휴대 전화 좀 빌려 줄래? 딥루프에서 무슨 일이 일어나고 있는지 알아야 해. 내 건 도망칠 때 집에 두고 왔거든."

난나가 휴대 전화를 건네주면서 말했다.

"그런데 너, 그거 알아? 판인지 뭔지 해커 그룹 있잖아. 걔들이 네 편이 되어서 시위를 벌였어."

"그게 무슨 말이야?"

"걔들이 피욘 앱에 가입한 부모들의 정보를 싹 다 훔쳤대. 그게 다가 아냐. 부모들의 휴대 전화도 다 해킹했다더라."

"해킹해서, 그다음에 뭘 했는데?"

"비밀을 전부 캐냈지. 그리고 너처럼 영상으로 만들어서 아이들한테 메일을 보냈어. 피욘이 애들을 감시하고 비밀을 부모한테 고자질했잖아. 판도 똑같이 부모의 비밀을 애들한테 폭로한 거야. 세상이 발칵 뒤집어졌어."

야세민이 공유한 동영상은, 어느새 수백만 번 조회되며 거대한 이슈를 불러일으키고 있었다. 학자들과 전문가들은 '부모의 은밀한 비밀이 아이에게는 치명적인 상처가 될 수 있다'며 판의 방식을 강하게 비판했다. 반면 일각에서는 '자녀도 부모 못지않게 진실을 알 권리가 있다. 이 정도 충격이 아니면 세계가 주목하지 않았을 것'이라며 판을 옹호했다.

엇갈린 주장들을 읽는 동안 야세민의 마음속에서는 묘한 호기심이 피어올랐다. 야세민도 메르완의 비밀이 알고 싶어진 것이다. 야세민은 난나의 휴대 전화로 시간을 확인했다.

"벌써 6시네. 곧 어두워지겠어. 아빠가 퇴근하기 전에 내 휴대 전화랑 물건을 좀 챙겨야겠어."

난나가 눈을 반짝이며 물었다.

"그럼 너, 우리랑 같이 지내겠다는 거야?"

"아직은 모르겠어. 괜찮다면 며칠만이라도 머물게 해 줄래?"

"좋아. 같이 가자. 내가 도와줄게."

＊＊＊

"엄마 때문에 아주 개망신 당했어!"

외뮈르가 불평을 터뜨렸다.

"네가 걱정돼서 그랬다고 몇 번을 말했니! 너도 알잖아. 피욘이 아니었다면 무슨 일이 벌어졌을지 모른다는 거!"

"엄마를 믿을 수가 없어! 지금도 피욘을 쓰고 있잖아! 이래서 절대 엄마랑 가까워질 수 없는 거야. 엄마는 늘 이런 식이야. 역겨워!"

외뮈르는 목이 터져라 소리쳤다.

"외뮈르, 제발 진정해. 좋아, 차분히 다시 얘기해 보자."

"엄마랑 얘기할 시간 없어! 난 그 추악한 고자질쟁이한테 복수할 영상을 올려야 하거든."

"그냥 내버려두면 안 되겠니? 어차피 곧 잠잠해질 일이야."

"안 돼! 가만히 있으면, 모든 걸 인정하는 거잖아."

전날 밤 피욘 관계자가 외뮈르와 연락해서 야세민에게 반박하는 영상을 만들어 올리면 그 대가로 혼혈인 파티 초대권과 맞춤의상을 사례하겠다고 제안했다. 그 제안에 외뮈르는 가슴이 벅차올랐다. 수치심 대신 달콤한 기대감이 스며들었다.

휴대 전화로 딥루프 계정을 열었을 때 외뮈르는 판의 활동과 시위에 관한 기사부터 접했다. 그제야 외뮈르는 판이라는 이름으로 온 이메일이 기억났다. 광고라 생각하고 읽어 보지 않았건만, 이제 메일을 확인해야겠다는 호기심이 꿈틀거렸다. 메일의 제목은 '엄마가 숨기고 싶은 비밀'이었다. 가슴이 서늘해졌다. 그 안에 담긴 내용이 자신을 돌이킬 수 없는 길로 몰아넣으리라는 걸 직감하면서도 메일을 여는 손가락을 멈출 수 없었다.

검은 화면이 보였고 판의 붉은색 로고가 나타났다. 곧이어 굵고 낮은 남성의 목소리가 흘러나왔다.

외뮈르 님에게.

당신의 어머니에 대한 몇 가지 사실을 밝히기 위해 이 동영상을 보냅니다. 귀하의 어머니는 피욘을 이용해 귀하의 사생활을 감시했습니다.

우리는 이제 당신에게도 동일한 선택권을 드리고자 합니다. 엄마의 비밀을 알고 싶지 않다면 이 영상을 삭제하세요. 결정은 당신의 몫입니다. 15초 안에 결정하세요. 계속 시청하거나 정지 버튼을 누르세요.

엄마의 비밀은 엄마에게 맞설 수 있는 비장의 카드가 될 것이다. 그 카드만 손에 쥘 수 있다면 외뮈르는 지금보다 훨씬 자유로워질 수 있다고 믿었다.

15초가 지나고 목소리와 함께 영상이 시작되었다.

제 이름은 세헤르입니다. 여기 내 사진이 있습니다.

엄마 목소리와 너무도 흡사했다. AI가 만들어 낸 목소리였는데도, 진짜 엄마의 목소리처럼 느껴졌다. 곧 화면에는 세헤르의 최근 사진이 떠올랐다. 야세민의 영상처럼 어두운 배경 위에 선명한 얼굴 하나가 떠 있는 구성이었다.

나는 열다섯 살짜리 딸이 있고,
딸의 삶을 통제하기 위해 모든 것을 감수했습니다.

바닷가에 있는 세헤르와 외뮈르의 사진이 화면에 등장했다.

그리고 이를 위해 딸의 가장 친한 친구를 돈으로 샀습니다.

이번에는 외뮈르와 야세민이 학교에서 껴안고 있는 사진이 나타났다.

하지만 이것이 나의 첫 번째 죄는 아닙니다.
그리고 어쩌면 마지막도 아닐 것입니다.
내 딸은 그린 구역에서 가장 좋은 학교에 다니고 있습니다.
나는 그 아이가 이 도시 최고의 학교 입학 시험에
합격할 수 있도록 감독관에게 뇌물을 주었고,
그 댓가로 시험 문제와 답을 받았습니다.
그 덕에 제 딸이 입학할 수 있었습니다.

가족사진 몇 장이 화면에 흘러나오기 시작했다.

나는 그 학교에 입학할 자격이 있는 학생의 권리를
빼앗은 셈이지만, 나는 별로 신경 쓰지 않습니다.

이것이 마지막 문장이었다. 영상이 종료되었다.

외뮈르는 휴대 전화를 탁자 위에 내려놓았다. 충격으로 머리가 멍했다. 곧 방문이 열리고 세헤르가 들어왔다. 판은 외뮈르에게 보낸 영상을 동시에 세헤르에게도 보낸 것이었다.

"엄마, 도대체 무슨 짓을 한 거야? 이거 진짜야? 표정을 보니까 진짜가 보네?"

"난 그저 너한테……. 넌 좋은 교육을……."

"엄마는 내가 수업 따라가느라고 얼마나 힘든지 모르지?"

"왜 그렇게 말하니? 넌 성적도 나쁘지 않고, 적응도 잘하잖……."

"그래서 시험 볼 때 커닝을 한다고! 수업 시간에는 바보처럼 앉아 있고! 내 머릿속은 옷과 치장에 대한 생각들로 가득 차 있어. 난 예술 학교에 가고 싶었는데, 엄마가 속임수를 써서 이 학교에 입학시킨 거잖아!"

"하지만 너도 너희 학교를 자랑하며 다녔잖아!"

“내 방에서 나가! 엄마는 사기꾼이야! 다시는 나를 가르치려 들지 마!”

세헤르는 외뮈르를 진정시키기 위해 조용히 방을 나왔다. 뒤돌아서는 순간, 그녀는 남편과 맞닥뜨렸다.

“도둑맞았다는 당신 팔찌, 감독관한테 뇌물로 준 거야?”

“그들이 당신한테도 영상 보냈어?”

“아니, 외뮈르와 하는 말 들었어. 그때 당신이 경찰에 신고하지 않은 이유를 이제야 알겠네. 대단하군. 당신, 야망이 있다는 건 알았지만 이렇게까지 할 줄은 몰랐어. 도둑맞았다며! 훌륭한 배우 납셨군그래!”

* * *

야세민은 난나와 함께 외뮈르의 아파트 앞을 지나갔다. 위층에서 무슨 일이 일어나고 있는지는 모른 채, 친구 집 창문을 안타까운 눈으로 바라보았다.

“외뮈르가 날 용서해 줄까?”

“글쎄, 그건 좀 어려울 것 같아. 나라면 세상이 두 쪽 나도, 돈 때문에 나를 팔아넘긴 사람은 절대 용서하지 않을 거야.”

“그럼 넌 왜 나를 돕겠다는 거야?”

"가난이 사람을 어떻게 망가뜨리는지 알고 있으니까. 그리고 넌 이미 스스로 감시자 짓을 관뒀잖아. 네 이야기가 사실이라면 말이지. 그렇더라고 내가 네 친구라면 너를 용서할 수 없었을 거야. 용서하고 싶어도, 용서할 수 없는 일들이 있으니까."

야세민은 곁눈질로 난나를 바라보았다. 뺨에 난 상처가 어떻게 생긴 것인지 궁금했지만 묻지 않았다. 둘은 조용히 집을 향해 걸었다. 집 근처 골목길의 모퉁이에 다다르자 야세민이 걸음을 멈췄다.

"우리 조심해야 해. 아빠가 언제 어디서 나타날지 몰라. 그리고 난 열쇠가 없어. 아빠가 문을 안 잠갔으면 좋겠는데."

"잠겨 있어도 상관없어. 내가 열 수 있어."

난나가 열쇠고리를 꺼내더니, 거기에 달린 철 조각을 보여 주며 말했다.

"이것만 있으면 돼. 디지털이 아니라면 어떻게든 다 열 수 있어."

"다행이네, 우리가 디지털 도어락을 살 돈이 없는 게."

야세민이 웃으며 말했다.

"그런데 너네 아빠가 집에 있으면 어떡하지?"

"일단 집 안에서 소리가 나는지 들어 보자."

마침내 아파트 앞에 도착해서는 두 사람 모두 긴장했다. 난나는 주머니에 손을 넣고 주머니칼을 만지작거렸다. 그때 같은 아파트에 사는 부인이 지나갔다. 평소 서로 눈인사만 하던 사이였지만, 부인은 야세민에게 아는 체하며 말을 걸었다.

"어머, 너! 괜찮니? 살아 있었구나. 정말 다행이다!"

부인은 가슴에 손을 얹으며 말했다.

"그날, 네가 도망간 날 말이야. 네 아빠라는 작자가 혼자 집으로 돌아와서 곧장 짐을 싸 가지고 도망쳤어. 우린 다 그가 널 죽인 줄 알았어."

"도망을 쳐요?"

"그래. 트럭을 몰고 문 앞까지 오더니, 짐을 싣고 떠나 버렸어."

"아빠가 떠났다고요? 이사를 간 거예요?"

야세민은 배를 세게 맞은 것처럼 비틀거렸다. 나쁜 아빠였지만, 자신을 버릴 거라고는 생각해 본 적이 없었다.

부인이 야세민의 눈치를 보며 말을 이었다.

"애야, 집은 텅 비었을 거야. 다음날 정오쯤에 누군가 널 찾아왔어. 사복 경찰인 것 같더라. 우리는 그날 본 대로만 말했어. 경찰이 집에 들어가지는 않았어."

야세민은 놀란 마음을 추스르며 위층으로 달려갔다.

문은 잠겨 있지 않았다. 손잡이를 돌려 문을 열고 안을 들여다보았다. 집 안의 모든 것이 사라지고 없었다.

"그러니까, 내 아빠라는 사람이 나를 버리고 떠났다는 거네!"

야세민의 목소리가 떨렸다.

* * *

DNA 검사 결과까지 전해 듣고, 네바는 자신이 겪은 혼란과 실망을 완전히 받아들였다. 그리고 티베트의 권유에 따라 실종 아동 검색 시스템에서 탈퇴하기로 마음먹었다. 이제 더는 딸을 기다리지 않겠다고 결심했다.

네바와 티베트가 병원을 떠나려고 준비하고 있을 때 한 여성이 병실 문을 열고 불쑥 들어와 네바를 향해 다짜고짜 소리쳤다.

"당신, 왜 내 딸의 검사실로 갑자기 들어온 거예요? DNA 얘기는 뭐예요?"

"부인, 갑자기 이게 무슨 일이죠?"

티베트가 여자의 말을 가로막았다.

"당신 아내가 한 그대로 돌려주는 겁니다. 내 딸아이의 DNA와 당신들이 어떤 관련이 있는지나 말해요."

여자가 네바를 노려보며 말했다.

"아무 관련 없습니다. 완전한 오해였습니다. 죄송합니다."

다시 티베트가 나섰다. 그때 네바의 휴대 전화가 울리기 시작했다. 네바는 전화를 무음으로 바꾸고는 여성에게 말했다.

"당신은 엄마니까 저를 이해할 거예요. 제 딸이 어린 나이에 사라졌는데, 당신 딸과 닮은 부분이 발견되었나 봐요. 연락을 받았고, 그래서 확인했지만 잘못된 정보였어요. 그것뿐입니다."

"닮은 점이라고요? 뭘로 그걸 판단한 거죠? 설마 우리 아이의 DNA를 우리 허락 없이, 심지어 우리가 모르는 사이에 검사했다는 거예요?"

티베트가 답하려는 순간, 이번에는 그의 휴대 전화가 울렸다. 네바처럼 그도 즉시 무음으로 바꾸었다.

"부인, 그건 병원 행정실에 가서 문의하세요. 우리가 말할 수 있는 게 아닙니다."

"왜요? 뭘 숨기고 있는 거죠? 우리 애한테 무슨 짓을 한 거예요?"

"그만해요!"

네바가 신경질적으로 소리치고는 이어 말했다.

"병원에 온 아이들을 검사해 여섯 개 이상의 DNA 서열을 기록하고 있어요. 그건 실종 아동을 찾기 위한 데이터베이스로 저장됩니다. 그게 나쁜 건가요? 당신은 아이와 함께 있으니까 평화롭겠죠! 하지만 아이를 잃은 엄마의 심정을 생각해 보세요!"

"뭐가 됐든 보호자의 동의를 받아야지요! 이렇게 당신네들 마음대로 해도 되는 일이야?"

"이 문제는 병원 행정실에 가서 해결하시기 바랍니다!"

티베트가 단호한 목소리로 말했다.

병원 관계자가 그 여성을 데려가면서, 논쟁은 일단락되었다. 티베트와 네바는 실종 아동 검색 시스템 가입 해지 절차를 완료했다. 두 사람 모두 휴대 전화를 무음으로 설정했기 때문에 끊임없이 전화가 오는 걸 몰랐다. 병원을 떠나 안도의 한숨을 내쉬던 순간, 비로소 휴대 전화에 쌓인 수많은 부재중 전화를 확인했다. 끈질기게 전화를 건 사람은 네바의 비서이자 변호사였다. 티베트는 휴대 전화를 들어 메시지를 확인했다.

(…) 개인 정보 위원회가 급습해 모든 컴퓨터와 휴대 전화를 압수했습니다. 그들이 눈티우스 텔레콤에도 들이닥쳤다고 합니다.

티베트가 비서에게 전화를 걸었을 때는 이미 개인 정보 위원회가 조사를 마쳤고, 그들이 수십 개의 증거를 확보한 뒤였다. 곧바로 변호사에게 전화를 걸었지만 전해들은 소식 역시 희망적이지 않았다. 자신들의 회사가 피욘 데이터에 접근한 흔적을 위원회가 찾아낸 것이다.

* * *

저녁 뉴스는 두 개의 기사가 주요하게 방송되었다. 하나는 피욘 애플리케이션 때문에 눈티우스 텔레콤이 압류당했고, 데이터 보안에 필요한 예방 조치를 하지 않았다는 이유로 조사가 시작되었다는 소식이었다.

다른 하나는 판이 피욘 시스템을 해킹해 아이들에게 부모들의 비밀을 폭로했다는 기사였다. 부모의 비밀을 아는 것은 아이들에게 커다란 부담이고, 부모로 인해 피욘의 피해자가 된 수만 명의 청소년들이 판에 의해 감당할 수 없는 짐을 지게 될 것이라고 말하고 있었다.

야세민 또한 이로 인한 피해를 피해갈 수는 없었다. 판이 야세민에게도 메르완의 비밀을 폭로한 것이다. 폭로 방식은 야세민이 만든 영상과 유사했다. AI로 아빠 메르완의 목소리를 더빙한 영상이었다. 야세민은 첫 화면을 본 순간부터 큰 충격에 빠졌다. 다른 아이들보다 훨씬 강력한 충격이었다.

내 이름은 카르다르 무크타르 와이스이다.

하지만 너는 나를 메르완이라는 이름으로 알고 있다.

여기 내 사진이 있다.

앞면과 양쪽 옆면에서 촬영한 메르완의 여권 사진 세 장이 화면에 나타났다.

나에 대해 네가 아는 모든 것이 거짓이다.
나는 테러, 공공 보안 위반, 인신매매 혐의로
전 세계에서 수배 중이다. 만약 내가 잡히면 조국으로 송환되어
감옥에 갇힐 것이고, 다시는 풀려나지 못할 것이다.

그가 적색 수배령[13]으로 수배 중이라는 일부 뉴스가 화면에 나타났다.

그래서 나는 가짜 신분으로 가짜 삶을 살았다.
내가 너의 아버지임을 확인할 공식적인 기록은
존재하지 않는다.

이번에는 야세민이 영상을 만들 때 사용한 메르완과 자신의 사진이 나란히 놓였다. 두 사람은 전혀 닮지 않았다. 바로 다음

13 인터폴의 수배 단계 가운데 가장 높은 등급의 단계. 중범죄를 저질러 체포 영장이 발부된 피의자의 정보가 인터폴에 가입한 국가 간에 공유되며, 확보된 피의자의 신병은 수배를 내린 국가로 강제 압송된다.

화면에 판의 영문 로고가 나타났고, 이어서 목소리가 바뀌었다. 이번에는 젊은 여성의 목소리였다.

우리는 당신이 거대 기업에 도전장을 내밀어, 당신과 청소년의 권리를 보호하기 위해 나섰던 투쟁을 지지합니다. 당신과 함께한다는 생각으로 우리는 피욘을 사용하는 모든 유저의 가장 어두운 비밀을 그 자녀들에게 공개하기로 결정했습니다. 확신하건대, 그들 중 결백한 사람은 아무도 없었습니다.

당신이 아버지로 알고 있는 카르다르 무크타르 와이스의 사진을 세상에 퍼뜨리는 순간, 그가 애써 유지해 온 가짜 삶은 무너졌습니다. 아마 당신이 이 영상을 볼 때쯤이면 그 사람은 사라졌을 것입니다. 우리는 그가 당신의 친아버지가 아니라는 것을 알고 있습니다. 그가 당신 가족에게서 당신을 훔친 거라고 짐작하고 있습니다.

하지만 안타깝게도 우리가 당신에게 제공할 수 있는 정보는 이것뿐입니다. 10여 년을 잠적했던 이 남자의 삶이 어떻게 당신의 삶과 교차하게 되었는지는 알 수 없습니다. 하지만 당신처럼 똑똑하고 용감한 청소년이 그에게서 벗어나게 된 것만으로도 우리의 역할은 충분했다고 생각합니다. 어쨌든 당신은 당신의 길을 찾을 테니까.

야세민은 충격에 휩싸인 표정으로 난나를 바라보았다. 몇 시간 전에 만난 이 소녀와 자신의 계정을 팔로우하는 수백만 명의 사람들 외에는 자신의 인생에 남은 사람이 없었다.

"와, 정말 끝내주는 아빠네. 이런 인간하고도 그렇게 오랫동안 함께 살았다면 우리와도 금방 익숙해질 거야."

야세민은 아무 말도 할 수 없었다. 울 수도 없었고 심지어 움직일 수도 없었다. 야세민은 문 두드리는 소리를 듣고 깜짝 놀랐다.

"야세민, 거기 있니? 문 좀 열어 보렴!"

밖에서 누군가가 소리를 지르며 주먹으로 문을 두드렸다.

"누구지? 네 아빠야?"

야세민은 대답 없이 조용히 문을 향했다.

"아니면 경찰인가? 안 돼, 열지 마!"

난나가 말려 보았지만 소용없었다.

야세민은 난나의 말이 들리지 않았다. 명령을 받은 로봇처럼 기계적으로 문을 열자 야세민 앞에 외즈귀르가 나타났다.

"얘야, 어디 있었어? 난 정말 겁이 났단다!"

외즈귀르가 길고 가느다란 팔로 야세민을 안아 주었다. 야세민은 울음을 터트리며 외즈귀르의 품에 안겼다.

정신을 가다듬은 야세민은 그동안 자신에게 일어난 일을 외즈귀르에게 모두 털어놓았다.

"우리 야세민을 구해 주어서 정말 고맙구나."

외즈귀르는 난나에게 진심으로 감사를 전하고, 야세민에게 말했다.

"자, 병원부터 가자. 경찰에도 알리고, 메르완에 대한 판의 영상도 공유하자꾸나."

"하지만 야세민은 우리와 함께 간다고 했는데요!"

난나가 불만 가득한 표정으로 말했다.

"얘야, 야세민은 너희와 함께 갈 수 없어. 경찰이 사방에서 얘를 찾고 있거든."

난나는 경찰이라는 말을 듣고 더는 떼쓰지 않았다. 야세민은 난나에게 작별 인사를 건넸다.

외즈귀르의 차가 주차되어 있는 그린 구역 입구에 도착할 때까지 두 사람은 아무 말 없이 걸었다. 날이 어두워지면서 거리는 한층 으스스한 분위기에 휩싸였다.

마침내 오렌지 구역에서 벗어나자 외즈귀르가 입을 열었다.

"그동안 막연하게 그 사람이 네 아빠가 아닐 수도 있다고 짐작했어. 하지만 내가 할 수 있는 건 아무것도 없었단다."

"선생님, 아빠가 저를 사랑한다고 느낀 적이 한 번도 없어요. 선생님 말씀이 맞아요. 심지어 저를 벌레처럼 대했어요. 하지만 그래도 지금껏 저의 유일한 버팀목이었어요. 이제 저한테는 아무도 없어요."

"야세민, 우리가 있잖니?"

"그렇기는 하지만……. 아마도 나를 국립 기숙사로 보내겠지요. 나는 그런 곳에 있고 싶지 않아요. 아빠와 함께 있을 때는 적어도 제 방이 있고, 제 일상도 있었어요. 비가 새고 냄새가 나는 옥탑방이었지만, 저는 그곳을 좋아했어요."

"야세민, 내가 생각해 둔 게 있어. 너는 리타를 만날 거야. 그녀는 너처럼 어려움을 겪는 아이들을 지원하고 있어. 최근에는 기숙사도 만들었어. 리타는 분명 너를 지원할 거야. 너는 전 세계 사람들이 주목하는 일을 했잖아. 청소년 권리를 위해 혼자 대기업에 맞섰던 똑똑한 아이를 지원하지 않을 이유가 없어."

"전 세계요? 말도 안 돼요, 선생님!"

"야세민, 이 문제는 세계적 이슈로 확장되었어. 판도 한몫했지. 모두가 무슨 일이 일어나는지 영화처럼 지켜봤어. 게다가 네가 사라지자, 영화의 끝을 알고 싶은 사람들처럼 모두 네가 어디에 있는지 알고 싶어 기다리고 있단다."

"정말 대단한 영화가 되겠네요."

야세민은 씁쓸한 미소를 지었다.

"우선 병원부터 가자. 온몸이 멍투성이구나. 어쩌면 검사를 해야 할지도 모르겠어."

"선생님, 그런데 저는 병원에 가 본 적이 없어요."

"뭐라고? 한 번도?"

"네, 한 번도 안 가 봤어요. 오렌지 구역에는 무허가 의료인들이 있어요. 심하게 아프면 그분들이 집에 와서 우리를 돌봐줘요. 주사와 백신도 그렇게 맞아요. 그러니까 오렌지 구역에서는 수술할 때가 아니면 병원에 갈 수 없어요."

"그랬구나. 걱정 마. 이제부터는 모든 것이 제대로 될 거야."

외즈귀르가 미소를 지으며 말했다.

야세민은 차창 밖을 내다보았다. 몸이 아팠고, 머릿속도 혼란스러웠지만 외즈귀르와 함께 병원에 가는 이 순간만은 자신이 안전하다고 느꼈다.

16

12년 전.

카르다르가 2년 동안 쥐새끼처럼 숨어 살았던 구두 수선 가게를 나온 것은 자정이 넘은 시간이었다. 그가 가진 것이라곤 모아 둔 약간의 돈과 옷 몇 벌, 비스킷 두 봉지와 물뿐이었다. 그는 그날 운행하는 마지막 버스를 탔다. 버스가 도착한 곳은 도시 북동쪽의 여름 별장들이 모여 있는 지역이었다. 늦은 시간이라 거리에는 인적이 없었고, 버스에서 내린 사람은 카르다르뿐이었다.

이곳은 카르다르에게 낯설지 않은 곳이었다. 조국에서 도망쳐 처음 이곳에 왔을 때, 누군가 귀띔해 주었다. 겨울이면 비어 있는 여름 주택에서 몰래 지낼 수 있다고. 그는 경비원이 없는 빈 집에서 겨울을 숨어 지냈고, 그 기간 동안 자신이 무엇을 할 수 있는지, 어떻게 하면 발각되지 않을지 생각하고 또 생각했다. 그는 머리카락과 수염을 자르고, 안경을 끼고, 집주인의 옷을 입으면서 전혀 다른 사람이 되었다. 잡히면 끝이었다. 체포되는 즉시 본국으로 송환될 것이고, 다시는 감옥에서 나올 수 없으리라는 사실을 그는 너무도 잘 알고 있었다.

얼마 지나지 않아 카르다르는 오렌지 구역의 한 구두 수선 가게에서 일자리를 구했다. 어릴 적 잠시 견습생으로 일한 경험 덕분이었다. 게다가 더러운 구두를 만지는 일은 위장하기에 딱 좋았다.

가게에서 잠을 자야 하는 직원은 사장에게도 나쁠 것이 없었다. 사장에겐 무급의 경비가 생긴 셈이었다. 하지만 카르다르는 계속 착취당하며 살 생각이 없었다. 그는 이주민들이 법망을 피해 먼 나라로 도망치고 있다는 사실을 알고 있었다. 친구들 중 일부는 도망쳐 간 나라에서 더 쉽게 숨고, 새 신분으로 새로운 삶을 살고 있다는 사실도 알게 되었다. 카르다르는 그들처럼 되기로 결심했다.

2년 동안 그는 구두 수선 가게와 한 몸처럼 얽혀 살며 돈을 모았다. 틈틈이 훔치기도 했다. 돈을 충분히 모았다고 생각했을 때, 카르다르는 밀항꾼들을 찾았다. 그러나 밀항을 하기에는

3분의 1 정도의 돈이 모자랐다. 그는 다시 구두 수선 가게로 돌아와 조금 더 돈을 모을 작정이었다. 그때 밀항꾼들이 뜻밖의 제안을 했다.

"보트를 운전해 주면 지금 가진 돈으로 탈출할 수 있게 해 주겠소."

"하지만 나는 보트를 몰 줄 모릅니다."

"어렵지 않소. 우리가 가르쳐 주면 금방 할 수 있을 거요."

카르다르는 오래 망설이지 않았다. 자세히 따져보지 않고 제안을 받아들였다. 그들은 그에게 보트의 엔진을 켜는 법과 조종 방법을 알려 주었다. 카르다르는 자신이 충분히 해낼 수 있으리라고 믿었다.

그리고 드디어 출발하는 날이 왔다. 카르다르는 밀항꾼들이 일러 준 곳에 일찌감치 도착했다. 밀항꾼들은 최대 12명이 탈 수 있는 고무보트를 끌고 나타났다. 그러나 실제로 배에 태워야 하는 사람은 어른 아이 모두 합쳐 18명이었다. 카르다르는 당황스러웠지만 별 다른 도리가 없었다. 더 큰 충격은 밀항꾼들 중 누구도 함께 보트를 타지 않는다는 사실이었다. 얼떨결에 그가 밀항 보트의 책임자가 되어 버린 것이다. 이제는 돌이킬 수 없었다. 모두 구명조끼를 입었고, 그렇게 밀항의 여정이 시작되었다.

처음에는 별다른 일 없이 순조롭게 항해를 했다. 하지만 넓은 바다로 나아갈수록 파도가 거세졌다.

"배에 물이 들어오고 있어요!"

누군가 소리쳤다.

그 순간부터 빽빽하게 끼어 앉아 있던 사람들 사이에 밀치고 당기는 소란이 시작되었다. 거친 파도와 사람들의 아우성이 뒤섞이는 사이, 한 아이가 바다에 빠졌다. 아이의 어머니는 망설이지 않고 아이를 따라 바다로 뛰어들었고, 허우적대는 아이 때문에 결국 두 사람 모두 파도 속으로 사라져 버렸다. 어느 누구도 그들을 구하려 나서지 않았다.

파도가 더욱 거세지자, 보트는 곧 전복될 것처럼 위태롭게 흔들렸다. 한 여성이 해안 경비대에 도움을 청하려 했지만, 카르다르는 허락하지 않았다. 경찰에 붙잡혀 신분이 탄로 나느니 차라리 죽는 게 낫다고 생각했기 때문이다. 실랑이는 오래가지 못했다. 눈 깜짝할 사이에 보트가 뒤집혔다.

정신이 들었을 때 카르다르는 달빛이 비치는 바다 위에 떠 있었다. 파도 속에서 흔들리는 대여섯 개의 머리가 희미하게 보였다. 그는 가까이에 있는 어린아이를 붙잡았다. 다른 아이들과는 달리 몸부림을 치지 않았고, 소리조차 내지 않는 아이였다. 두 사람은 한참을 함께 표류하다가 마침내 바위에 부딪혔다. 카르다르는 아이를 데리고 바위 위로 올라갔다. 더 이상 다른 사람의 소리는 들리지 않았다.

이른 아침 파도가 잦아들자, 카르다르는 아이를 끌고 수평선 너머로 보이는 해안을 향해 헤엄쳐 갔다. 마음속으로 그곳이 자신이 도착하고 싶었던 해안이기를 바랐지만, 밤새 거친 파도에 휩쓸려 그다지 멀리 가지 못했을 터라 가능성은 희박했다.

한적한 만에 도착했을 때 두 사람은 온몸을 떨고 있었다. 해변에는 시체, 가방, 구명조끼들이 떠밀려 와 있었다. 눈앞에 펼쳐진 광경은 재앙 그 자체였다.

카르다르는 한 가지 생각밖에 할 수 없었다. 밀항꾼들이 자신을 속였다는 것! 어차피 배는 그가 원하는 곳에 도착하지 못할 거라는 걸 알았던 것이다.

바로 그때, 아무 말도 하지 않던 아이가 남은 힘을 다해 "아빠!"라고 외쳤다. 아이는 넘어지고 다시 일어나며 해변에 쓰러져 있는 남자에게 다가갔다. 카르다르는 아이의 말을 거의 알아들을 수 없었지만, "아빠, 일어나!"라는 말만큼은 선명하게 들렸다.

아이의 아빠는 깨어나지 않았다. 카르다르는 남자의 구명조끼를 벗기고 심장에 귀를 기울였다. 심장이 뛰지 않았다. 남자의 주머니를 뒤져 지갑을 꺼냈다. 지갑에는 돈이 가득했고 신분증도 있었다. 이름은 자이드였다. 이 나라의 시민인 자가 왜 아이를 데리고 도망가려 한 건지 알 수 없었다.

카르다르는 남자의 짐을 더 뒤적이다가 여러 번 접은 법원 명령서를 발견했다. 아이에게 접근을 금지한다는 내용이었다. 어떤 식으로든 딸에게 가까이 가지 못하도록 판결을 내린 것이었다.

"그러니까 당신은 당신 딸을 납치한 거군."

카르다르는 아버지와 딸을 그곳에 두고 해변에 쓰러져 있는 다른 사람들의 주머니를 뒤졌다. 꽤 많은 돈이 모였다. 카르다르는 해변과 조금 떨어진 덤불 사이에서 아내와 아이를 데리고 보트에 탔던 남자와 그 아내의 시체를 발견했다. 남자의 지갑에는 가족증명서가 있었다.

"귈레프자, 메르완, 야세민? 그런데 아이는 어디 갔지? 부모가 이렇게 죽어 버렸으니, 애라고 살아남았겠어?"

카르다르는 뒤돌아 가 아빠의 시신 옆에 누워 있는 아이를 보았다. 손에 든 가족증명서를 다시 바라보았다. 그는 이제 밀항이 쉽지 않으리라는 것을 깨달았다. 하지만 구두 수선 가게로 다시 돌아가는 것은 견딜 수 없었다. 해안에서 모은 돈과 이 어린아이만 있다면 새로운 삶을 시작할 수 있을 것 같았다.

카르다르는 귈레프자와 메르완, 그리고 자이드의 시신을 재빨리 묻었다. 일을 마치고 그는 아이에게서 구명조끼와 빨간 꽃무늬 비옷을 벗겼다. 해안 경비대가 도착하기 전에 서둘러 이곳을 떠나야 했다.

그 후 혼자 딸을 키우는 남자를 불쌍히 여긴 몇몇 사람들의 도움 덕분에 카르다르는 오렌지 구역의 허름한 건물 꼭대기 층에 작은 공간을 얻을 수 있었고, 디지털 부품과 고물을 팔기 위해 작은 가게를 빌렸다.

'메르완'이 된 카르다르는 그날 이후, 자신의 얼굴에는 절대 어울리지 않을 아버지의 가면을 썼다. 자신이 훔친 신분으로 이름 지어 준 딸 '야세민' 때문에 자신의 정체가 폭로될 때까지, 그는 절대 그 가면을 벗지 않았다.

17

야세민은 리타를 처음 만났을 때 조금 위축되었다. 리타는 키가 크고 날씬했다. 검은색 드레스에 귀를 장식한 반짝이는 귀걸이 그리고 하이힐을 신은 모습에 눈이 부셨다. 야세민은 네바를 떠올렸다. 물론 두 여자의 눈빛에는 분명한 차이가 있었다. 한 여자는 분노를, 다른 여자는 연민과 다정함을 담고 있었다. 네바의 눈빛에는 슬픔이 가득 차 있었고, 보는 사람을 두렵게 만들었다. 반면 리타의 눈빛은 불빛에 이끌린 나방처럼 사람들의 마음을 끌어당겼다.

"만나서 정말 반가워."

그녀가 손을 내밀며 말했다.

“네가 무슨 일을 한 줄 아니! 전 세계 사람들에게 경각심을 불러일으켰고, 거대한 대기업을 이겼어. 나 너한테 완전 감동했잖니!”

야세민은 미소를 지으며 감사를 표했다.

“이곳에서 지내는 것에 동의해 줘서 고마워. 우리는 항상 네 뒤에서 너를 지지할 거야. 알겠지? 자, 이제 방으로 가서 짐을 풀도록 하자.”

야세민의 방은 2층이었다. 오래된 건물이라 천장이 높았지만, 지붕 층이었던 야세민의 방과는 달리 하늘이 가깝지 않았다. 하지만 벽은 깨끗했고, 침구에서는 향긋한 냄새가 났다. 야세민은 이 멋진 방에 머물게 되어 기뻤다.

리타가 빈 책장을 가리키며 말했다.

“네가 원하는 책으로 채워 보렴. 목록을 만들어서 나에게 줘. 그 외에도 필요한 게 있으면 알려 주고.”

“감사합니다. 그런데 선생님, 제가 저의 진짜 가족에 관해 알 수 있을까요?”

“글쎄, 모르겠구나. 아직은 아무 정보도 받지 못했어. 널 실망시키고 싶지 않지만 너무 기대하지 않는 게 좋을 거야. 만약 그분들이 살아 계셨다면, 그자가 그렇게 쉽게 신분증을 도용할 수 없었겠지. 네 얼굴이 알려졌는데도 소식이 없는 걸 보면 부모님이 살아 계실 가능성은 거의 없다고 봐야 해. 하지만 경찰은 계속 찾고 있단다."

"선생님 말씀이 맞는 것 같아요. 그분들을 기다리기보다 제 삶을 살아야겠죠."

리타는 야세민을 따뜻하게 안아 주었다.

"내가 엄마는 아니지만, 네게 최선을 다할 거라는 걸 잊지 마."

야세민은 리타를 보며 미소를 지었다. 리타가 방을 나가자, 야세민은 침대에 누워 지난 일들을 곰곰이 떠올렸다. 창문 밖 나뭇가지 사이로 자신을 향해 윙크하는 듯한 하늘이 보였다.

그러다 문득 결심한 듯 몸을 일으켜 세워 가방에서 외즈귀르 선생님이 선물해 준 새 노트를 꺼내 글을 쓰기 시작했다.

" 드디어 오늘부터 진짜 일기장을 갖게 되었다.

어느 책에선가 '우리 의식은 고통을 줄이기 위해 기억을 바꾼다'는 문장을 읽은 적이 있다. 나는 나에게 일어난 일에 대해 길게 설명하고 싶지만, 고통을 줄일 기회를 잃고 싶지 않다.

피욘

이 기숙사는 그린 구역에 있다. 습하고 누렇게 빛바랜, 빗물이 새어 들던 옥탑방에는 이제 다른 누군가가 살게 될 것이다. 나는 완전히 새로운 삶을 시작하는 중이다. 여기는 정말 아름답다. 좋은 사람들이 많고 나는 존중받고 있다. 창문을 열면 바다 냄새가 코끝에 스며든다.

피욘과 눈티우스 텔레콤은 모두 죗값을 받았다. 네바 역시 처벌을 받을 거라고 한다. 그보다 중요한 건 청소년 사생활 보호를 위한 법안이 만들어지고 있다는 점이다. 아직도 믿기지 않지만 내가 해낸 일이다.

사실 '우리가 해냈다'고 말해야 한다. 베흐람이 아니었다면 포기했을 거다. 내가 한 일을 밝힐 용기를 못 냈을 테고, 그랬다면 이 모든 일은 일어나지 않았을 거다.

아침에 베흐람이 나를 만나러 왔다. 기숙사 입구에 있는 카페테리아에서 대화를 나누었다. 베흐람을 배웅할 때 리타 선생님이 우리를 보셨다. 조금은 부끄러웠지만 선생님은 금세 눈치채고 나를 안심시켜 주는 말씀을 해 주셨다.

리타 선생님은 정말 진실되고 정이 많은 분이다. 이런 따뜻한 감정은 한 번도 경험해 본 적이 없다. 다정한 말에 익숙하지 않은 나는 솔직히 어떻게 행동해야 할지 모르겠다.

이제는 내가 쓴 글을 누군가 읽을까 봐 두려워할 필요가 없다. 머릿속에 떠오른 생각과 감정을 자유롭게 적을 수 있다. 누구도 내 물건을 뒤지지 않을 나만의 방이 생겼다.

솔직히 꽤 괜찮다. 아니, 모든 것이 좋다. 하지만 이런 안락한 삶을 누리게 되면 느낄 줄 알았던 벅찬 기쁨은 전혀 없다. 마치 기억 상실증에 걸린 것 같다.

카르다르. 그 남자는 내 아빠가 아니었다. 심지어 나를 내 가족과 영원히 떼어 놓은 나쁜 자다. 하지만 이상하게도 내 안 어딘가에서는 그를 그리워한다. 아니, 아빠가 있다는 안정감이 그립다.

부모도 모르고, 친척도 하나 없는 것은 이상한 기분이다. 나는 구름처럼, 바람처럼, 길 잃은 새처럼 외롭다.

나를 생각하면, 허공에 흩날리는 제라늄 꽃 한 송이의 이미지가 떠오른다. 누군가 손을 뻗어 내가 딛고 있던 흙에서 날 뜯어낸 것 같다. 결국 나 자신에게 의지하는 것 외에는 다른 방법이 없나 보다. 그리고 젠장, 나는 여전히 내 자신을 '오렌지'라고 느낀다. 리타 선생님과 함께 있어도 이 느낌은 사라지지 않는다. 내가 그린 구역에 속한다고 느끼는 유일한 순간은 학교를 말할 때뿐인데, 그건 손가락 끝만큼 아주 작은 느낌이다.

하지만 어쩌면 이렇게 조금씩, 시간 속에서 나는 새로이

푸르게 돋아날지 모른다. 그리고 마침내 피욘과 세헤르와 아버지라고 믿었던 그 남자에게 맞섰던 그 자리에서 뿌리내리고, 강인한 새싹을 틔울 것이다. ”

(싹을 틔우는) 야세민

한국 독자에게

딜게 귀네이

저는 오랫동안 한국의 다양한 예술 분야를 감탄하며 지켜봐 왔습니다. 그런 한국에서 제 책이 출간되어 청소년 독자들을 만난다고 생각하니 마음이 벅차오르고 설렘으로 가득합니다.

『피욘』을 집필하는 동안, 저는 한 작가이자 법률가로서, 그리고 아이의 엄마로서 청소년의 사생활과 개인 정보 보호, 부모의 자녀에 대한 권리의 한계에 대해 오랫동안 깊이 고민했습니다. 독자들이 야세민 이야기를 흥미진진하게 읽으면서, 동시에 이러한 질문들을 마음속에서 함께 되새기고 느껴 주기를 바랐습니다.

이러한 문제의식과 감수성을 함께 나누며 『피욘』을 한국의 독자들에게 전해 주신 안녕로빈 출판사, 그리고 제 이야기에 따뜻한 숨결을 불어넣어 주신 번역가 이난아 선생님과 인연이 닿은 것을 진심으로 감사하고 행복하게 생각합니다.

만약 여러분의 모든 비밀이 폭로된다면!

이난아 (한국외국어대학 튀르키예·아제르바이잔학과 교수)

이 작품은 변호사라는 정체성과 용기 있는 글쓰기를 결합하여 예민한 이슈에 집중하는 소설가 딜게 귀네이의 긴장감 넘치는 디스토피아 소설로, 개인 정보 보호와 청소년들의 권리에 대한 인식에 경종을 울립니다.

선과 악의 충돌 속에서 자아에 굴복하는 야세민이라는 소녀의 이야기를 담은 이 책은 AI가 지배하는 미래에 살더라도, 우리의 기본 권리와 자유를 포기하지 않는 것이 중요하다는 메시지를 전합니다. 저자는 부모의 과도한 통제가 청소년의 사회적, 정서적 세계에 미치는 부정적인 영향에 초점을 맞춰, 자녀를 보호하기 위한 행동과 자녀의 삶에 대해 발언권에도 제한이 있어야 한다고 주장합니다.

야세민이 사는 도시는 빈민들이 사는 오렌지 구역과 상류층들이 사는 그린 구역으로 나뉘어 있습니다. 야세민은 오렌지 구역에 살지만 그린 구역에 있는 최우수 학교에 입학한 똑똑한 소녀입니다. 야세민은 종이에 자신의 감정을 적지만 아버지에게 들키는 게 두려워서 항상 그 종이를 찢어 버립니다. 야세민의 가장 친한 학교 친구는 외뮈르입니다. 어느 날 외뮈르의 어머니가 야세민에게 딸의 사생활을 알려 달라고 합니다. 감시자가 되어 주는 대가로 돈을 주겠다고 제안하지요. 친구를 위한다면 절대 해서는 안 되는 일이었지만, 한편으로는 생활고에서 벗어날 수 있고, 친구를 위하는 일이라고 자신의 양심을 속이면서 야세민은 그 제안을 받아들입니다. 그러다 곧 피욘이라는 앱을 통해 부모가 자녀를 감시할 수 있다는 사실을 알게 됩니다. 야세민은 고민을 거듭한 끝에 이 사실을 SNS에 폭로합니다. 앱 개발자는 야세민을 협박하지만 야세민은 포기하지 않습니다. 결국 야세민은 용기와 지성을 발휘하여 실타래처럼 엉킨 이 모든 상황을 해결합니다.

작가는 미래 도시의 오렌지-그린 구역을 가로지르는 숨 막히는 모험으로 독자들을 초대합니다. '감시자'로 시작한 여정에서 피욘이 되기를 거부하는 야세민의 일기 중 인상적인 부분을 발췌하여 보여 주면서 사생활권, 난민 문제, 사회적 불의, 거대 기업이 끝없는 이익을 위해 얼마나 무자비할 수 있는지에 대해서도 다룹니다.

야세민이 자신의 삶에서 원했던 것은 좋은 교육, 약간의 평온, 자신의 발로 서는 것뿐이었습니다. 그러나 실제 삶은 야세민에게 너무나 잔인했습니다. 야세민이 저지른 단 한 번의 실수는 순식간에 야세민의 삶 전체를 앗아갔습니다.

한마디로 이 책은 청소년들의 권리, 사생활, 개인 정보 보호, 난민 문제 그리고 거대 기업의 끝없는 탐욕에 대해 다루고 있다고 할 수 있습니다. 감시와 통제 아래에서는 자유도, 권리도 꽃피울 수 없습니다. 삶이 거칠게 몰아칠 때 양심이라는 작은 등불을 꺼뜨리지 않는 용기야말로 우리를 인간답게 만듭니다. 때로는 사소한 선택 하나가 운명을 갈라놓기도 하지만, 어떤 두려움 속에서도 스스로를 배신하지 않는 자만이 진정으로 자유로워질 수 있습니다.

이 소설은 AI가 지배하는 미래 사회에서도 인간으로서 지켜야 할 기본적인 권리와 자유는 결코 포기해서는 안 된다는 점을 강조합니다. 딜게 귀네이는 빈부 격차, 부모의 과도한 통제, 그리고 사회적 억압을 견디며 자신의 신념을 지켜 나가는 한 소녀의 여정을 통해 우리 모두가 다시금 '자신의 삶을 스스로 선택하고 지켜 낼 권리'의 소중함을 되새기게 합니다.

이 책은 단순한 청소년 소설을 넘어, 현대 사회를 살아가는 모든 이들에게 '진정한 자유란 무엇인가'를 묻는 진지한 성찰의 기회를 제공합니다. 동시에, 개인과 사회가 기본 권리와 자유를 지키기 위해 끝까지 포기하지 말아야 한다는 메시지도 전달하고 있습니다.

피윤

피욘

| 친구감시자

1판 1쇄 인쇄 2025년 11월 10일
1판 1쇄 발행 2025년 11월 25일

지은이 딜게 귀네이
옮긴이 이난아
발행인 전연휘
편집 전연휘, 김민애
디자인 호롱불스튜디오
홍보·마케팅 정원식, 노혜이, 박미은

발행처 안녕로빈
출판등록 2018년 3월 20일(제 2018-000022호)
주소 서울특별시 광진구 아차산로69길 29 1108
전화 02 458 7307 **팩스** 02 6442 7347
인스타그램 @hellorobin_books
블로그 blog.naver.com/hellorobin_
E-mail robinbooks@naver.com
yellowq2019@naver.com(투고)

ISBN 979-11-91942-95-8 (44800)
979-11-91942-94-1 (세트)